www.bbulmedia.com

總尊秘錄

태존비록

비가 신무협 장편 소설

③

목차

17장
게으름뱅이의 수난

그놈은 불행을 몰고 다니지.

아냐, 아니지. 정확하게 말하자면, 그놈은 불행을 몰고 다니는 주제에 불행이 있는 곳도 귀신같이 찾아다니지.

무슨 말이냐고?

그놈이 간 곳에는 항상 문제가 벌어지지만, 다른 시각에서 보면 그놈이 가는 곳에는 이미 그놈이 도착하기 전부터 뭔가 엄청난 문제가 생겨 있네.

귀신같은 재능이지.

나중에야 그 사실을 깨달은 나는 그놈이 나를 찾아오기라도 하면 만사 다 제쳐 두고 주변을 점검했지. 그러면 꼭 어딘가에는 폭탄이 터지기 일보 직전이더군.

뭐?

그래서 좋게 해결할 수 있었냐고?

너 대체 뭘 들은 거야?

그놈은 불행을 찾아다니기도 하지만, 불행을 몰고 다닌다니까?

애초에 폭탄이 있는 곳에 그놈이 온 순간 모든 게 끝난 거야. 폭탄을 발견하고 물을 붓는 순간 폭탄이 터져서 기둥 뿌리가 날아가지.

뭐?

설마 그렇기야 하겠냐고?

네놈이 성수장에서 벌어진 일을 듣고도 그 말을 할 수 있는지 한 번 보자.

잘 들어.

"성수장(聖手場)이라 하시면?"

사가(史家)가 고개를 갸웃거렸다. 그가 아는 성수장은 천하에 하나밖에 없기 때문이었다.

"혹여 천하제일(天下第一) 의중지문(醫中之門), 성수제일장(聖手第一場)을 말씀하시는 겁니까?"

광구신개는 배를 북북 긁고는 손톱에 붙은 때를 훅, 불어냈다.

"성수장이 거기 말고 또 있던가?"

사가가 도무지 이해가 안 간다는 듯이 눈살을 찌푸렸다.

"천하제일의문인 성수장이 불과 백 년 전에 그리 초라한 모습이었다는 말입니까?"

광구신개는 한심하다는 듯이 사가를 바라보았다.

"뭘 들었냐?"

"예? 무슨 말씀이신지?"

"성수장이야 수백 년의 전통을 자랑하는 곳이지."

"그렇습니다."

"문제는 그놈이 성수장에 도착했을 때, 그 수백 년의 전통이 딱 끊길 상황이었다는 거야. 건물도 팔아먹고, 의원도 도망가고…… 아주 그냥 난리도 아니었지."

사가는 고개를 끄덕였다.

들어보니 상황이 영 좋아 보이지 않았다.

"그래도 지금 성수장이 천하제일의문으로 이름을 날리고 있는 것을 보니 위연호 대협께서 성수장에 큰 도움을 주신 게 아닙니까?"

광구신개는 배를 잡고 데굴데굴 굴렀다.

"우하하하핫! 너 뭐라고 했냐? 큰 도움을 줘?"

사가는 영문을 알 수 없는 광구신개의 반응에 눈을 치켜떴다.

"왜 그러시는지?"

광구신개는 찔끔 배어 나온 눈물을 닦아내더니, 생각만 해도 오싹하다는 듯 몸을 부르르 떨었다.

"너 절대 성수장에 가서 그런 말 하지 마라. 사혈(死穴)에 금침이 박혀서 곱게 죽을 생각이 아니라면 말이다."

"무슨 말씀이신지?"

광구신개는 혀를 찼다.

"너 위연호의 가장 무서운 점이 뭔지 아느냐?"

"저야 잘……."

광구신개는 품속에서 곰방대를 꺼내 들더니, 손끝으로 삼매진화를 일으켜 불을 붙였다.

그러고는 길게 연기를 뿜어냈다.

"악의가 없다는 거지."

"예?"

"위연호, 그놈은 악의가 없어. 그놈이 누구를 저주하거나 싫어하거나 일부러 괴롭히는 건 본 적이 없어."

"그게 왜 무서운 점이 됩니까?"

"무섭지, 무섭고말고! 당연히 무섭지. 생각해 봐. 너한테 아무런 악의가 없는 놈이 그저 네 곁에 있는 것만으로 상상도 할 수 없는 온갖 불행이 너에게 닥쳐온다면, 넌 어떻게 할 거냐?"

사가는 움찔했다.

"그야……."

"답 없지?"

"예."

광구신개는 눈을 감고 고개를 끄덕였다.

"그래, 답이 없지. 그게 가장 큰 문제야. 하지만 사람이란 어떻게든 답을 찾으려 하기 마련이지. 그러다 보면……."

광구신개는 살짝 뜸을 들이고는 누런 이를 드러내며 씨익 웃었다.

"더 큰 수렁으로 빠져드는 법이지."

*　　*　　*

"그럼 그렇지, 내 팔자에 좋은 대접은 무슨! 길 가다가 벼락이나 안 맞으면 다행이지! 으아아! 망할 사부는 왜 나한테 이런 걸 시키는 거야! 나 집에 갈래!"

위연호의 울분에 찬 목소리가 호북 하늘에 쩌렁쩌렁 울려 퍼졌다.

자신을 소장주라 밝힌 소년은 위연호의 반응에 당황했는지 눈만 껌뻑일 뿐이었다.

"무슨 일이니?"

그러자 문 안에서 청명한 목소리가 들려왔다. 목소리를 들은 소년은 공손히 대답했다.

"누님, 손님이 오셨습니다."

"병이 있으신 분이더냐?"

"그게 아니오라, 선친을 뵙고자 하는 분이 오셨습니다."

끼이익.

문이 열렸다.

위연호는 바닥에 주저앉아 자포자기한 심정으로 열린 문을 바라보았다.

"어라?"

위연호의 눈이 휘둥그레졌다.

문 안에서 나온 이는 위연호와 비슷한 또래로 보이는 여인이었다.

하지만 위연호가 놀란 이유는 여인이 나왔기 때문이 아니었다. 위연호가 놀란 것은 문을 열고 나온 여인이 지금까지 단 한 번도 본 적 없는 미인이었기 때문이다.

백옥과도 같은 피부라든가, 흑단 같은 머릿결 같은 뻔한 수식어가 너무도 잘 어울리는 여인이었다.

오똑한 코와 붉은 입술, 거기에 커다란 눈.

위연호가 입을 벌렸다.

여인은 자신을 바라보는 위연호의 시선을 보고는 고개를 갸웃거렸다.

"왜 그러시는지?"

위연호는 솔직하게 대답했다. 웬만해서는 거짓말을 할

줄 모른다는 게 위연호의 장점이자 단점이었다.

"아뇨, 너무 예뻐서요."

순간, 여인의 얼굴이 붉게 물들었다.

"짓궂은 분이시군요."

"그냥 있는 사실을 그대로 말한 건데……."

위연호는 억울했다.

역시 세상은 솔직한 게 손해가 되는 법이었다.

'바른말하는 사람치고 성공하는 사람 없고, 바른말하는 사람치고 명이 긴 사람 없지.'

위연호는 세상의 진리를 되새겼다.

"선친을 찾아오셨다 하셨나요?"

위연호는 심드렁하게 고개를 끄덕였다.

"그렇네요."

"지금은 제 동생인 소아가 장주예요. 하지만 선친을 찾아오신 것이라면 장녀인 제가 확인해 보는 것이 옳을 듯하네요."

위연호는 품 안에서 소개장을 꺼내 여인에게 내밀었다.

이제 쓸모없어져 버린 소개장이었다. 누가 보든 무슨 상관이겠는가.

위연호가 내민 소개장을 뜯은 여인은 심각한 얼굴로 서찰을 읽기 시작했다.

'그림 나오네.'

그저 서찰을 읽는 것뿐인데도 한 폭의 그림 같았다.

'이래서 여자는 이쁘고 봐야 하는 거고, 남자는 잘생기고 봐야 하는 거지.'

새삼 부모가 원망스러워지기 시작했다.

'형은 그렇게 잘생겼는데!'

왜 위연호는 형의 반도 생기지 못한 것인가.

물론 부모님 입장에서도 형의 반도 못한 동생 놈이 기껍지는 않겠지만 말이다.

서찰을 다 읽은 여인이 서찰을 다시 고이 접고는 얼굴을 굳혔다.

"소아야."

"예, 누님."

"뒷방을 치우고 손님을 맞거라."

"하지만 누님, 그 방은 병자가 거하는 방입니다."

"지금 병자가 있더냐?"

"지금은 비어 있습니다."

여인은 동생을 향해 입을 열었다.

"그러면 됐다. 방을 치우고 손님을 맞이하는 데 한 점 실수가 없도록 하여라. 선친을 찾아온 손님이시다. 무슨 말인지 알겠지?"

"예, 누님."

소아라 불린 소년은 고개를 푹 숙였다. 여인의 목소리는 청명했지만, 그 안에 은은한 힘이 있었다.

소년이 방을 치우겠다며 안쪽으로 향하자 여인은 다시금 위연호를 바라보았다.

"저는 진예란(眞睿蘭)이라 합니다. 그리고 조금 전에 보신 제 동생은 진소아(眞紹峨)예요."

"위연호예요."

"선친을 찾아오신 것은 잘 알겠어요. 하지만 안타깝게도 선친께서는 작년에 세상을 뜨셨어요."

"네."

"서찰을 보니 의가를 알고 싶어 오신 것으로 보입니다. 제 말이 맞나요?"

"뭐, 그렇죠."

진예란은 작게 한숨을 쉬었다. 위연호가 부담이 된다기보다는 지금 성수장의 처지가 의가를 알려주기에는 무리가 있다는 것을 알기에 나오는 한숨이었다.

"보시다시피 지금 저희 성수장이 제대로 된 의가의 모습을 갖추지 못하고 있어요. 하지만 그렇다 하여 문 숙부님의 소개로 오신 분을 이대로 보냈다가는 돌아가신 선친께서 저희를 나무랄 것이에요. 부족하고 모자란 곳이지만, 부디 머물러 주시기를 바랍니다."

위연호는 손을 내저었다.

"아뇨! 저는 괜찮아요. 여기 말고도 의가는 많으니까 다른 데를 찾아가도 되고, 그러니까 부담되시면 그냥 갈게 요."

그러자 순간 진예란의 얼굴이 단호해졌다.

"그럴 수는 없어요."

위연호가 움찔했다.

"선친을 찾아온 손님을 이대로 돌려보낸다면 세상 사람 들이 저희를 손가락질할 거예요. 저희는 성수장이 도리를 알지 못하는 곳이 되는 것도 원하지 않고, 선친의 명예가 땅에 떨어지는 것도 원하지 않아요."

"사, 사정이 안 되면 그럴 수도 있는 거죠."

"결코 그럴 수는 없습니다!"

위연호는 울상을 지었다.

이제 겨우 유림을 빠져나왔더니, 고리타분하기로는 한술 더 뜨는 느낌이었다.

이럴 줄 알았으면 문유환이 소개해 주는 곳으로는 오지 않는 거였는데, 그놈의 귀찮음이 일을 복잡하게 만들고 있 었다.

'하기야 그 돌덩이 같은 문 학사님이랑 친분이 있다고 할 때부터 알아봐야 했는데.'

이제 와 후회해 봐야 소용이 없었다.

진즉에 예상했어야 하는 일인데!

"저, 그래도 제가 괜히 부담을 드리는 것 같은데……."

진예란은 고개를 저었다.

"성수장은 찾아온 손님을 부담스러워할 만큼 예의를 모르는 곳이 아닙니다. 걱정 마세요."

"아니, 내가 부담이⋯⋯."

"그런 걱정은 하지 않으셔도 돼요."

그때, 진소아가 걸어왔다.

"준비됐습니다, 누님."

"손님을 안내해 드리거라."

"예!"

위연호의 얼굴이 울기 직전이 되었다.

'망했다.'

뭔가 시작부터 꼬여간다는 느낌이 강하게 들었다.

어찌 됐든 이리하야 위연호는 성수장에 무사히(?) 들어갈 수 있었다.

*   *   *

천하에서 가장 강맹한 단체는 어디일까?

이백여 년 전에 그 말을 했다면 사람들의 의견은 여럿으로 나뉘었을 것이다.

태산북두라 불리는 소림(小林).

도의 조종이라 불리는 무당(武當).

만사(萬死)의 기원이라 불리는 명교(明教).

검의 종착이라 불리는 만검(萬劍).

그 외에도 수많은 문파들이 사람들의 입에 오르락내리락 했을 것이다.

하지만 지금 똑같은 질문을 한다면 답은 오로지 하나뿐 이었다.

숭천정무맹(崇天正武盟).

천하를 호령하던 문파와 세상을 질타하던 세가들이 한곳에 모여서 만들어낸, 강호 역사상 최강의 단체.

중재자이자 지배자이자 군림자인 그들이 있는 이상 다른 어떤 곳도 감히 그들 앞에 이름을 내세울 수 없었다. 오로지 천의련(天義聯)만이 그들의 앞에서 고개를 들 수 있을 뿐이다.

그리고 그 숭천정무맹의 가장 깊은 심처.

맹주전보다 더욱 들기 힘들다 불리는 군사전.

팽도극은 그 군사전에 멀뚱히 서 있었다.

'내가 왜 여기에…….'

팽도극의 이마에서 식은땀이 배어 나오기 시작했다.

그 개인적으로는 목숨이 오가는 거대한 일을 겪었다. 하지만 그건 팽도극 개인의 입장이고, 천하를 주관하는 숭천정무맹의 입장에서 보자면 아주 티끌 같은 작은 일일 뿐이라고 생각했다.

하지만 일을 보고하자마자 그는 두말없이 이곳으로 반쯤 끌려오듯 모셔졌다.

'내가 뭘 잘못했지?'

팽도극은 배어나오는 땀을 소매로 훔쳐 냈다.

그가 아무리 명문의 자제라고는 하나, 따져 보면 명문의 자제 따위 강호에는 발에 채일 만큼 많았다. 감히 숭천정무맹의 군사와 독대를 할 수 있을 것이라고는 상상해 본 적도 없었다.

부담이 되는 정도가 아니라 전신이 나무토막이 되어버린 기분이었다.

드르륵.

그때, 문이 열리고 선풍도골의 사내가 안으로 걸어 들어왔다.

팽도극은 마른침을 삼켰다.

안으로 걸어 들어온 사내는 누가 봐도 호감이 가는 모습이었다. 말 그대로 그림에서 나온 듯한 선풍도골의 사내.

하지만 팽도극은 그 사람의 인상만을 보고 선뜻 호감을 가질 수 없었다. 호감을 가지기에는 눈앞의 사람이 가진 배경이 너무도 거대했다.

신기수사(神技秀士) 조현(趙賢).

정무맹의 군사이자, 정무맹의 머리라 평해지는 이.

천하의 모든 것이 그의 머리 안에 있고, 천하의 모든 것이 그의 뜻대로 움직인다고 평해지는 이.

그 거대한 명성과 실적 앞에서 팽도극은 그저 도망치고 싶었다.

'왜 내가 여기 있지?'

이 상황이 현실이 아닌 것만 같았다.

"편히 앉게."

조현이 빙긋 웃으면서 앉을 자리를 가리켰다.

팽도극은 제대로 된 대답도 하지 못하고 뻣뻣하게 걸어 자리에 앉았다.

신기수사 역시 자신의 자리에 앉더니, 아주 조용하지만 힘 있는 목소리로 입을 열었다.

"녹림에서 무얼 보았다고 했나?"

팽도극은 자신이 본 것을 남김없이 설명했다. 팽도극의 설명을 들은 신기수사(神技秀士)는 흥미롭다는 얼굴로 책상을 가볍게 두드렸다.

"자네가 말한 것에 틀림이 없는가?"

팽도극은 긴장한 얼굴로 몇 번이고 고개를 끄덕였다.

갑자기 군사전(軍師殿)에 불려와 얼이 빠져 있는 그가 거짓을 고할 수 있을 리가 없었다.

"제가 본 그대로입니다."

신기수사는 맑고 투명한 눈으로 팽도극을 주시했다. 팽도극의 눈에서는 한 점 거짓의 흔적을 찾아볼 수 없었다.

"무례를 용서하게. 자네가 거짓을 고했을 것이라 생각하지는 않네. 하나 자네가 말한 것이 사실이라면, 자네 생각보다 큰일이 벌어지고 있을 확률이 높아서 내 굳이 확인을 했네."

"무례라니요. 천부당만부당하신 말씀이십니다."

조현은 낮게 고개를 끄덕였다.

"사실이라면 자네가 여기에 있는 것이 천운이겠군."

"무슨 말씀이신지?"

"자네를 쫓았다는 그 녹림의 악적들은 아마도 녹림십겸(綠林十鎌)일 확률이 높네."

"녹림십겸!"

팽도극은 기겁을 하여 소리쳤다.

녹림십겸이라니!

녹림십팔채 채주 직속의 척살단을 뜻하는 말이 아닌가.

얼마나 많은 무인들이 그들의 손아래에서 고혼이 되었던가.

'어쩐지 무섭더라니.'

팽도극은 자기도 모르게 손을 들어 목을 감쌌다. 목이 붙어 있는 것이 다행이었다.

"다행히 도움이 있기에 살아날 수 있던 것 같습니다."

"쾌룡표국에 관한 것은 내가 알아서 하겠네. 덕분에 큰 음모를 밝혀낼 수 있겠군. 문제는 쾌룡표국이 아니라 그곳에서 자네를 도와주었다는 청년인데……."

신기수사의 얼굴에 한 점 수심이 내려앉았다.

녹림십겸이라면 웬만한 문파의 일대 제자쯤은 쉽게 염라대왕을 마주하게 만들 수 있는 녹림의 정예였다. 팽도극도 하북팽가의 촉망 받는 기재지만, 정상적인 상황이라면 그들 중 하나도 감당하기 쉽지 않았을 것이다.

'그런 자들을 열이나 상대해 일방적으로 때려눕혔다고?'

팽도극과 비슷한 또래라는 말이 사실이라면, 굉장한 신성의 출현이었다.

"그자의 이름이 뭐라고 했나?"

"위연호라 했습니다."

"위연호라……."

신기수사의 눈썹이 꿈틀댔다.

얼마 전 개방에서 들어온 정보에 그런 이름이 들어 있었다. 워낙 허황되다 싶어서 배재해 둔 정보건만, 두 곳에서 들어온 정보라면 신빙성이 있다고 봐야 했다.

'그렇다면 광동위가의 둘째 아들이 정말 돌아왔다고 봐야겠군. 오 년 만에 그런 무위라…… 아무리 호부(虎夫) 밑에 견자(犬子) 없다지만, 이건 너무 과하지 않은가.'

광동위가의 장남인 척마검(斥魔劍) 위산호만 하더라도 같은 연배에는 적수가 없다고 평해지고 있는 기재 중의 기재였다. 그런데 팽도극과 개방의 정보가 사실이라면 둘째인 위연호는 그 위산호마저 뛰어넘었다고 봐야 했다.

'광동위가가 태풍의 핵이 될 수도 있겠군. 문제는 대체 왜 오 년 만에 모습을 드러낸 자가 집으로 돌아가지 않고 호북으로 향하고 있냐는 것인데…….'

"그가 어디로 간다고 하던가?"

"성수장이라 했습니다."

"자네에게 부탁이 있네."

"하명하십시오."

신기수사는 조금 뜸을 들이다가 입을 열었다.

"아무래도 그 청년이 걸리는구만. 자네, 그자를 감시해 줄 수 있겠는가?"

"감시라 하셨습니까?"

신기수사는 팽도극의 눈에 껄끄러움이 어리자 자신이 실수를 했다는 것을 깨달았다. 이 나이 또래의 청년에게 감시라는 말은 부정적인 느낌을 주기에 충분할 터였다.

"내가 말실수를 했군. 감시라기보다는 그자에 대한 정보가 조금 더 필요하네. 우리 측 인원을 파견하면 좋겠지만, 지금 맹에서 그자를 알아볼 수 있는 사람이 자네밖에는 없네."

팽도극이 망연한 얼굴로 신기수사를 바라보았다.

위연호를 또 보라고?

불과 한 시진 정도 같이 있던 것만으로도 심력이 빠져나가다 못해 심장이 절로 떨리게 만들던 위연호다. 그런 자를 또 봐야 한다는 게 섶을 지고 불구덩이로 뛰어들라는 말처럼 들렸다.

"그게……."

"맹을 위한 일이네. 아니, 무림을 위한 일이라네. 자네 말고는 이 일을 할 수 있는 사람이 없어. 내 꼭 부탁하네."

팽도극이 주먹을 꽉 쥐었다.

"협의입니까?"

"그렇다네."

"제가 하겠습니다."

신기수사는 가볍게 미소를 지었다.

"하북팽가에는 내가 말을 해놓겠네. 될 수 있는 한 빨리

출발해주게나.”

“예, 군사님.”

신기수사는 굳건한 걸음으로 군사전을 빠져나가는 팽도극을 보며 흐뭇한 미소를 지었다.

‘좋은 청년이로군.’

무재도, 심성도 무척 마음이 들었다. 이대로 성장한다면 무림을 떠받칠 기둥으로 자라나리라.

하지만 신기수사는 지금 그 장래 무림의 기둥을 두엄 밭으로 처박고 있다는 것을 꿈에도 모르고 있었다.

위연호가 어떤 인간인지 알았다면, 신기수사가 위연호에게 보낸 덕분에 팽도극이 무슨 꼴을 당할 줄 알았다면, 신기수사는 결코 팽도극을 위연호에게로 보내지 않았을 것이다.

훗날 신기수사는 땅을 치고 후회했지만, 지금으로서는 알 수 없는 일이었다.

‘녹림이라…….’

신기수사의 눈이 빛났다.

분명 뭔가 벌어지고 있었다. 최근 황실의 움직임이 심상치 않고, 녹림에서도 불온한 움직임이 벌어지고 있었다.

‘배후가 어디일까?’

천하 정세를 머릿속에 두고 움직인다는 숭천정무맹의 군

사, 신기수사 조현(趙賢)의 눈이 부드럽게 감겼다.

*　　*　　*

위연호는 주변을 둘러보았다. 정갈하게 꾸며진 커다란 방이 그에게 내어졌다. 호화스러운 가구는 전혀 보이지 않지만 깔끔하게 꾸며진 것이, 손이 많이 갔다는 것을 절로 알 수 있는 방이었다.

"생각보다 사는 모양인데?"

집은 허름할 뿐이지 꽤나 컸다. 앞에서 보기에는 작은 초가집일 뿐이지만, 집 뒤편에는 여러 채의 집이 있고 거기서 병자를 볼 수 있도록 꾸며져 있었다.

지금 위연호가 차지한 방도 그런 환자용 방 중 하나인 모양이었다.

위연호는 벌렁 드러누웠다.

"에라, 모르겠다. 그래도 의가는 의가니까. 여기 있으면 되겠지."

비록 소개 받아온 명의는 죽고 없지만, 여기도 엄연히 의가이고 명의의 자식들이 있으니 배울 점이 없진 않을 듯싶었다.

똑똑.

그때, 문 두드리는 소리가 났다.

"예."

문이 열리고 진예란이 커다란 밥상을 들고 안으로 들어왔다.

밥상 위에는 커다란 닭고기를 비롯해 온갖 진수성찬이 차려져 있었다.

"시장하실 것 같아서 식사부터 준비했습니다. 차린 건 없지만 많이 드세요."

차린 게 없다고?

'삼 일은 먹을 것 같은데.'

위연호의 이마에 땀방울이 맺혔다.

말이야 바른말이지, 위연호가 언제 이런 과분한 대접을 받아보았겠는가.

집에서야 다들 위연호를 못 잡아먹어서 안달이었고, 사부를 만나서는 맞아 죽지 않기 위해 최선을 다해야 했다. 개봉에서는 그를 이용하려던 호구를 벗겨 먹었지만, 호구가 그에게 호의를 가지고 있던 것은 아니었다.

마지막으로 머문 한림대장원에서는 나름 대접을 받았다고는 하나 그를 괴롭히지 못해 안달이 나 있는 문은지가 있었고, 뜻하지 않은 사건에 휘말리기도 했다.

어디에서도 이처럼 위연호를 극진히 대해주는 곳은 없었다.

또한 위연호도 이성이 없는 인간은 아니기에 그 스스로

가 이런 식으로 대접 받을 위인이 못 된다는 것을 절절히 알고 있었다.

"저, 저기, 같이 좀 먹어요!"

위연호는 방문을 열고 나가려는 진예란을 필사적으로 불렀다. 그 혼자 이걸 먹었다가는 배탈이 날 게 빤했다.

"저는 이미 식사를 했으니, 걱정 마시고 식사하세요."

탁.

문이 닫혔다.

위연호는 땀을 삐질삐질 흘리며 눈앞의 진수성찬을 바라보았다.

'그래도 생각보다 가난하지는 않은 모양이지?'

만약 가난했다면 이런 밥상을 차려 내오지 못했을 것이다. 먹고살 만하니까 이렇게 좋은 밥상을 내올 수 있는 게 아니겠는가.

위연호는 좋게 생각하기로 했다. 따지고 보면 먹으라고 준 음식을 두고 그가 안절부절못할 이유도 없었다.

위연호는 눈앞에 보이는 닭의 다리를 뜯어내 입에 물었다.

그때, 문밖에서 작은 대화 소리가 들려왔다.

"누님, 그 음식들은 어떻게?"

"조용히 하거라. 손님 식사하시는데."

"거리가 이만큼이나 되는데, 설마 들리겠습니까?"

위연호의 귀가 쫑긋 섰다.

공기 가르는 소리도 내지 않고 날아오는 백무한의 돌주먹을 피하면서 살아온 위연호였다. 마음만 먹으면 백 장 밖에 나뭇잎 떨어지는 소리도 들을 수 있었다.

"쌀도 떨어졌던데, 어디서 그걸 사 오셨습니까?"

"네가 신경 쓸 일이 아니다."

"그래도 제가 알아야……."

"사내녀석이 집안일에 신경 쓸 것 없다. 너는 의술에만 전념하거라."

"제가 신경을 쓰지 않으려 해도……. 누, 누님, 목걸이는 어찌하셨습니까?"

"잠시 넣어두었다."

"어머니의 유품이라고 한시도 떼어놓지 않던 것을 넣어두다니요. 설마 그걸 파신 겁니까?"

"전장에 맡기고 돈을 빌렸을 뿐이다. 사정이 나아졌을 때 찾아오면 된다."

"있는 집도 넘길 판인데 사정이 나아질 일이 어디 있겠습니까. 아무리 손님이라고는 하나 어머니의 유품까지 팔아서 대접을 하다니요."

"그게 무슨 소리더냐. 아버님을 찾아오신 분이다! 그런 분을 함부로 대접해야 한다는 말이더냐!"

진예란의 목소리에 노기가 실리자 진소아의 목소리가 잦아들었다.

"그런 건 아닙니다……."

"유품이라고는 하나 한낱 옥붙이에 불과한 것이다. 그런 물건 때문에 예의와 도리를 저버린다면 어머님이 더 실망하실 것이다. 내 말 명심하거라."

"예."

위연호는 입에 물린 닭다리를 힘없이 내려놓았다. 쫄깃한 닭고기가 퍽퍽하다 못해 모래알 씹는 것처럼 느껴졌다. 위연호는 목구멍을 붙들고 넘어가지 않겠다고 발악하는 닭고기를 억지로 꿀꺽 삼켰다.

위연호는 몸서리를 쳤다.

그러니까 이 진수성찬이 어머니의 유품을 전장에 맡기고 받아온 돈으로 차린 것이라, 이 말 아닌가.

"모, 못 먹겠어."

위연호가 아무리 무신경하고 거지를 털어먹는 배짱을 가진 인간이라지만, 이것만은 도저히 먹을 수가 없었다. 사람이라면 이건 먹을 수가 없는 음식이다.

'지금이라도 이 음식을 다시 돈으로 바꿀 수 있을까?'

그때, 다시 문 두드리는 소리가 났다.

"네, 들어오세요!"

위연호는 서둘러 얼굴에 흐른 땀을 닦아냈다.

진예란이 다시 안으로 들어왔다. 그녀는 거의 먹은 흔적이 없는 음식들을 살펴보다가 한입 베어 먹고 내려놓은 닭다리를 발견했다.

"음식이 입에 맞지 않으신가요?"

"네? 아니, 그게…… 하하, 제가 지금 배가 불러서……."

진예란이 얼굴을 붉히더니 밥상을 잡았다.

"다시 내올 테니 조금만 기다려 주세요."

"네?"

진예란이 두말없이 다가와 밥상을 들고 나가려 하자, 위연호는 자신도 모르게 진예란이 내가려는 밥상을 움켜잡았다.

다시 내오다니!

말하는 투로 봐서는 더 좋은 음식으로 다시 차려 오겠다는 말 같지 않은가.

위연호는 밥상을 잡은 손에 힘을 주었다.

"아니, 음식이 마음에 들지 않는 게 아니라!"

"객을 제대로 대접하지 못한다면 돌아가신 선친께서 실망하실 것입니다. 이러면 제 마음이 편하지 않으니 이 손을 놓아주세요."

'나는 죽겠다고, 이 여자야!'

위연호는 필사적으로 밥상을 붙들었다.

"아뇨! 먹을 거예요! 먹을 건데! 잠깐 쉬었다가 이제부터 먹으려고 했어요! 먹을게요! 다 먹는다니까!"

진예란이 조금 의심스러운 눈치로 위연호를 바라보았다.

"정말이신가요?"

"그렇다니까요! 먹으려고 했어요."

진예란은 조심스레 밥상을 다시 내려놓았다.

위연호는 그 틈을 놓치지 않고 밥상 위의 닭고기와 생선을 마구 입에 쑤셔 넣었다.

"멍능다이까어."

위연호는 정신없이 밥상 위의 음식들을 집어 삼켰다. 일단 입에 넣으면 삼키고 보느라 무슨 맛이 나는지도 느끼지 못했다. 그저 우걱우걱 씹어 삼킬 뿐이었다.

이상하게 자꾸 눈물이 찔끔찔끔 배어 나오는 것만 같았다.

"천천히 드세요. 그러다 체하시겠어요."

'이게 다 누구 때문인데!'

위연호는 소리라도 치고 싶었지만, 차마 입 밖으로 낼 수 없는 말이라 그저 속으로만 삼킬 뿐이었다.

강적이었다.

그동안 위연호의 인생을 통틀어 만나온 수많은 강적 중 어떤 의미로 본다면 가장 상대하기 껄끄러운 사람이었다.

"그럼 조금 후에 뵙겠습니다."

위연호는 입안 가득 빵빵하게 머금은 음식들 때문에 대답도 못하고 고개만 끄덕였다. 진예란이 문밖으로 나가자 위연호는 음식들을 꿀꺽 삼키고는 한숨을 푹 내쉬었다.

"내가 제명에 못 죽지."

위연호의 눈이 밥상 위로 향했다.

깔끔하게 비워진 접시들이 위연호의 만행을 생생히 보여주고 있었다. 어머니의 유품을 전장에 맡기고 빌려온 돈으로 차린 음식을 이리 처참히 퍼먹다니.

"끄으으으응."

위연호의 위가 팔딱대기 시작했다.

백무한의 동굴에 들어가면서 육체에서 이탈했다고 생각했던 양심이란 놈이 위장을 쿡쿡 찌르고 있었다.

결국 위연호는 슬그머니 자리에서 일어났다.

"끄응."

그러고는 터덜터덜 밖으로 나갔다.

위연호는 밖으로 나가면서도 자기가 뭘 하고 있는 건지 믿을 수가 없었다.

어린 시절부터 돌이켜 생각을 해보아도 지금까지 누구도 그를 스스로 움직이게 만든 사람은 없었다. 어떤 사람은 겁박을 했고, 어떤 사람을 협상을 했다. 하지만 지금 진예란은 아무런 부탁도, 겁박도 없이 위연호가 방을 걷어차고 나오게 만들었다.

만약 이 광경을 위정한이나 백무한이 보았다면 눈물을 뿌리며 진예란에게 고맙다고 절을 했을 것이다.

"끄응."

위연호는 거듭 한숨을 쉬고는 한쪽 구석으로 걸어갔다. 위연호가 간 곳에는 진소아가 약초를 말리고 있었다.

"소아라고 했나?"

"예?"

진소아는 기척도 없이 등 뒤에서 들려오는 목소리에 화들짝 놀라 돌아보았다. 볼이 퉁퉁 부은 위연호가 거기에 서 있었다.

"식사는 다 하셨습니까?"

"남았으니까, 너도 좀 먹어. 깨끗하게 먹었어. 그건 그렇고, 이 근처에 전장이 몇 개나 있지?"

"전장은 왜 찾으십니까?"

위연호는 한숨을 푹 내쉬었다.

"그럴 일이 있어. 어디야?"

"저 아래쪽으로 쭉 내려가면 은하전장(銀河錢場)이 있습니다. 이 주변에 전장이라고는 그곳 하나밖에는 없습니다."

"고마워."

위연호는 한숨을 푹푹 내쉬며 터덜터덜 전장을 향해 발을 옮겼다. 진소아가 그런 위연호의 모습을 의구심 어린 눈으로 바라보았다.

위연호는 굼벵이가 기어가듯 터덜터덜 걸어 은하전장에 도착했다. 진소아의 말대로 얼마 가지 않아 커다란 편액을 발견할 수 있었다. 그렇게 위연호는 전장치고는 과도하게 크다는 생각이 들 정도로 으리으리한 건물로 들어섰다.

"무슨 일로 오셨습니까?"

위연호가 들어서자 대기하고 있던 자가 양손을 공손히 모으며 다가왔다.

"물건 좀 찾으러 왔어요."

"물건이라면 어떤 것을 말씀하시는 것인지요?"

"오늘 성수장에서 맡긴 옥 목걸이를 찾으러 왔어요."

"성수장에서 오셨습니까?"

"예."

"안으로 드시지요."

위연호가 도착하고부터 음식을 내오기까지의 시간이 길지 않았기에 가장 가까운 전장에 맡겼을 거라 추리한 위연호의 생각이 옳았던 모양이다.

사내는 위연호를 내실로 안내했다.

위연호는 한숨을 푹푹 내쉬며 사내를 따라 안으로 들어갔다. 이게 대체 뭐하는 짓인지 모를 지경이었다.

내실 안에는 푸근한 인상의 상인처럼 보이는 자가 커다란 책상을 앞에 두고 앉아 있었다. 위연호는 책상 앞에 놓여 있는 의자에 털썩 앉았다.

그를 안내해 온 자가 귓속말로 몇 마디를 건네자 상인은 고개를 크게 끄덕이고는 손짓해 사내를 물렸다.

탁.

문이 닫히자 상인은 싱긋이 미소를 지었다.

"반갑습니다. 은하전장 장주인 하대붕(夏大鵬)입니다."

"목걸이 찾으러 왔는데요."

하대붕은 곤란하다는 듯 어깨를 으쓱했다.

"죄송하지만 그 물건은 성수장에서 판 것이 아니라 저당을 잡히고 맡긴 것이라 드릴 수 없습니다."

당연한 말이었다. 돈을 낸다고 물건을 다 내줄 것이라면 팔아버릴 것이지, 저당을 잡힐 일은 없었다. 약속된 기한까지 빌려간 돈이 돌아오지 않을 때 비로소 그 물건을 상품이 되는 것이다.

"성수장에서 왔어요."

"처음 뵙는 분인 듯합니다만?"

"오늘 왔거든요."

하대붕은 날카로운 눈으로 위연호를 보다가 고개를 저었다.

"죄송하지만, 내드릴 수 없습니다. 본인이나 직계가족이 와야 드릴 수 있습니다."

위연호는 고개를 끄덕였다.

"직계가족이 오면 되는 거죠?"

"그렇습니다."

"그럼 데리고 올게요. 그런데 얼마 빌린 건가요?"

"금액이 좀 됩니다."

위연호는 품 안에 전낭을 들어 하대붕에게 던졌다. 전낭 안에는 한림대장원에서 나올 때 문유환이 찔러준 돈이 들어 있었다. 딱히 세어보지는 않았지만, 꽤나 많은 금액이 들어 있을 것이다. 아마 문유환이 아니라 이왕야가 건네준 돈일 테니까.

"그거면 되나요?"

하대붕은 곤란하다는 듯 고개를 저었다.

"모자랍니다."

위연호의 얼굴이 굳었다. 위연호는 하대붕에게서 전낭을 뺏어 들고는 안에 들어 있는 돈을 세었다.

"은자가 두 냥이 넘게 들어 있는데?"

은자 한 냥이면 한 가족이 몇 달은 먹고살 수 있었다. 온

가족이 일 년은 먹고살 돈을 내밀었는데 모자란다?

옥이 아니라 금덩어리라도 가져다 맡겼던가?

"물론 그 소저가 가져간 금액은 은자 한 냥입니다."

"그런데요?"

"저희 은하전장에서는 물건을 찾아갈 때, 빌려간 금액의 세 배를 받고 있습니다. 세 달 안에 찾아가지 않았을 시 다시 세 배를 내셔야 합니다."

위연호가 허탈하게 웃었다.

"세 배?"

"그렇습니다."

"고리대금인가요?"

"천만에 말씀입니다. 전장에서 정한 규칙일 뿐이지요. 그걸 원하지 않으시면 그냥 파시면 됩니다."

위연호의 이마에 핏대가 섰다.

틀린 말은 아닌데, 뭔가 계속 거슬렸다.

"그러니까, 그 돈으로는 찾아갈 수 없다는 말이네요?"

"아쉽지만, 그렇습니다."

다시 말하자면, 목걸이를 맡기기 전에는 쌀이 떨어져 걱정하던 처지인 성수장으로서는 결코 이 목걸이를 다시 찾아갈 수 없다는 뜻이었다.

진예란이라 해서 그것을 모를 리 없었다.

그럼에도 차마 팔지 못하고 전장에 맡기고 돈을 빌려야 했던 진예란의 심정을 생각하자 위연호는 도저히 돈이 모자란다고 포기하고 물러설 수가 없었다.

예전 같았으면 구걸이라도 해서 순식간에 돈을 긁어모았을 테지만, 한림대장원에서 잘 먹고 잘 자서 얼굴에 기름기가 줄줄 흐르는 지금의 위연호로서는 불가능한 일이었다.

위연호는 결심을 굳혔다.

"여기 물건도 받나요?"

"물론입니다. 맡기시고 내간 돈을 세 배로 갚으신다면요. 기한은 석 달입니다."

"그래요?"

위연호는 품 안에 든 소도를 꺼내 책상 위에 던지듯 내려놓았다.

"남은 돈은 이걸로 빌려줘요."

"이건……."

"금이니까 비쌀 거예요."

"확실히 황금으로 만든 물건이군요. 좋습니다. 이 정도 물건이면 금 한 냥은 내드리지요. 다만, 갚으실 때는 석 냥을……."

말을 하며 소도를 이리저리 살펴보던 하대붕의 몸이 순간 벼락이라도 맞은 듯 부르르 떨렸다.

비싼 물건을 내밀었으니 좋아해야 할 하대붕이 식은땀을 비 오듯 줄줄 흘리더니, 이내 의자를 박차고 일어나 바닥에 납작 엎드렸다.

"나, 나으리! 몰라뵙고 제가 감히 헛소리를 늘어놓았습니다!"

"뭔 소리래요?"

하대붕의 얼굴에서 흘러내린 땀이 바닥으로 연신 떨어졌다.

"제, 제가 헛소리를⋯⋯."

하대붕은 정신이 하나도 없었다.

그가 본 것이 확실하다면 그는 지금 호랑이 아가리 안에 들어와 있었다. 그것도 굶은 지 한 달은 된, 잔뜩 굶주린 호랑이의 피비린내 나는 아가리 안이었다.

그 소도에 새겨져 있던 문양은 분명 어사대를 의미하는 것이었다. 전장은 돈과 관련된 일이 전문인 곳. 그러한 일을 하려면 적어도 황실과 무림에 대해서는 누구보다 잘 알아야 눈뜨고 코 베이지 않을 수 있었다.

'하필 어사대가⋯⋯.'

어사대가 어떤 곳인가. 백성들의 고혈을 짜먹는 관리들과 백성들을 괴롭히는 상인들, 파락호들을 잡아 족치는 곳이 아니던가.

어사대의 첫 번째 관리 대상이 관부라면, 두 번째는 흑도

방파요, 세 번째는 은하전장 같은 상가였다.

"뭔 소리냐니까요."

하나 이 의뭉스러운 놈은 아직도 잡아떼고 있었다.

'뭐부터 수습해야 하지? 은 열 냥을 받을 수 있는 백은옥으로 만들어진 목걸이를 석 냥짜리로 후려친 것? 아니면 석 달 만에 빌린 돈이 세 배로 느는 고리대를 놓은 것?'

걸리는 게 너무 많았다.

하대붕은 식은땀을 줄줄 흘리다가 억지로 입가에 미소를 그려냈다. 하지만 그 미소는 울상이나 다름이 없었다.

"나, 나으리, 제가 받은 이자가 비록 조금 높기는 하지만, 물건을 맡기고 찾으러 오지 않는 이들이 워낙에 많아서 손실을 보전하기 위해서는 어쩔 수 없는 것으로……."

위연호는 고개를 갸웃했다.

"이자가 높아?"

"……."

"그러고 보니 석 달에 세 배를 내놓으라면 이게 몇 할짜리지? 한 달에 육 할인가?"

하대붕은 기겁을 하며 손을 내저었다.

"그럴 리가 있겠습니까! 육 할이라뇨! 그런 고리대를 대는 놈은 씨를 끊어놓아야 합니다! 저희는 결코 육 할이 아닙니다."

"세 배라며?"

"그건 단리로 계산했을 때가 아닙니까! 저희는 복리입니다!"

"복리?"

"그, 그렇습니다. 복리로 계산하면 저희 이율이라고 해봐야 고작 사 할 오 푼밖에 안 됩니다!"

"사 할 오 푼이라…… 저렴하네?"

"그렇습니다!"

저렴하다는 말을 들은 하대붕의 얼굴이 환해졌다. 하지만 이어지는 이야기까지 듣자 환해졌던 얼굴이 급격히 시커멓게 죽어가기 시작했다.

"복리로 월 사 할 오 푼이면 연 이자가 얼마야?"

"예?"

"계산해."

하대붕은 빠르게 머리를 굴렸다.

"그게…… 얼마 안 됩니다. 기껏해야 육백 할……."

"호오?"

위연호가 씨익 웃었다.

"연 육백 할? 사십 할도 아니고 육백 할? 육십 배?"

하대붕의 등골이 서늘해졌다. 그렇게 따져 들어가면 이

건 고리 수준이 아니라 거의 갈취였다. 어떻게든 이 상황을 수습해야 했다.

"하지만 나으리, 그 정도의 금액은……."

"육백 할이라니, 내가 살다가 육백 할이라는 말도 들어 보네. 육 할도 아니고, 육십 할도 아니고, 육백 할이라고?"

"그, 그렇지만 막상 그 물건의 가격을 생각해 보면 그 정도는 아닙니다. 그 백은옥은 적어도 은 열 냥 가치는 있는 것으로, 그러면 겨우 육십 할 정도밖에는!"

위연호의 눈이 번쩍 빛났다.

"열 냥짜리?"

"……."

하대붕의 얼굴은 이제 송장처럼 푸르딩딩해져 있었다.

"야."

위연호의 부름에 하대붕이 움찔하여 몸을 움츠렸다.

"예!"

"일어나지?"

"아니, 저……."

"맞고 일어날래?"

하대붕은 그 자리에서 벌떡 일어났다.

위연호는 고개를 끄덕이고는 하대붕의 어깨를 툭툭, 두

드렸다.

"장사 잘하겠어?"

"헤헤……."

"열 냥짜리를 한 냥 빌려주고 꿀꺽하지를 않나, 갚겠다는 사람한테는 일 년에 이자 육십 배를 물리다니. 카아! 이 정도는 되어야 장사라고 할 수 있지. 그지?"

"헤헤, 그게…… 나으리."

푹!

위연호가 손가락을 쭉 뻗어 하대붕의 눈을 쿡, 찔렀다.

"아이고!"

하대붕이 눈을 감싸며 바닥을 굴렀다.

"이것들이 지금 날 등쳐먹으려고 해?"

한림대장원에서 성수장까지 찾아왔건만, 명의는 죽고 의원은 망해가는 중이었다. 게다가 그 의원에서 나온 위연호는 생전 처음으로 자기 의지로 일 리가 넘는 길을 걸어야 했다.

그 울분이 모조리 폭발했다.

위연호는 고래고래 소리를 지르며 길길이 날뛰었다.

"문 걸어 잠가! 나 오늘 여기서 끝장 보고 갈 거야!"

"아이고, 나으리!"

"나으리는 얼어 죽을!"

그날 호북삼대전장 중 하나라 불리는 은하전장의 지붕이 하늘로 솟구쳐 올랐다.

　게으름뱅이도 돈 귀한 줄은 아는 법이었다.

18장

은하전장(銀河錢場)

"손 똑바로 안 들어?"

하대붕은 팔을 번쩍 들어 올렸다. 무릎을 꿇고 손을 든
지 벌써 반 시진 가까이 되다 보니 팔이 후들후들 떨리고
무릎에는 이미 감각이 없었다. 가엽게도 그의 눈 주변은 시
퍼렇게 멍이 들어 있었다.

누가 보기라도 한다면 무척이나 가여운 모습이라고 생각
하겠지만, 실상을 따져 보면 전혀 가엽지 않았다.

"쯧."

위연호는 그런 하대붕의 모습을 보며 혀를 찼다.

"사람이 양심이 있어야지!"

하대붕은 입이 열 개라도 할 말이 없었다. 아니, 할 말은 있어도 꺼낼 수가 없었다.

지금 이 상황에서 무슨 말을 한단 말인가.

눈앞에 보이는 사람은 황궁삼대세력 중 하나인 어사대에서 나온 인물이었다. 어사대의 특성상 하대붕 같은 상인에게는 동창이나 금위위보다 몇 배는 더 무서운 인간인 것이다.

그런 양반의 돈을 등쳐먹으려 했으니 집안이 풍비박산이 나고 은하전장이 폭삭 망할 수도 있는 상황인 것이다.

"내가 성질 같아서는 북경으로 전서라도 써서 끝장을 보고 싶은데……."

"나, 나으리, 살려주십시오."

하대붕은 눈물을 뿌리며 위연호의 다리를 부여잡았다.

위연호는 그런 하대붕을 걷어찼다.

"누가 손 내리래!"

"히이익!"

하대붕을 재빨리 무릎을 꿇고 손을 번쩍 들었다.

"쯧."

위연호는 혀를 차더니, 한숨을 푹 내쉬었다. 이런 전장 하나 망하게 하는 건 일도 아니지만, 그러다 보면 귀찮은 일이 한두 가지가 아닐 것이다.

게다가 일이 잘못 꼬이면 어사대부를 대면해야 할지도

몰랐다. 그건 절대 사양이었다. 의협심은 차고 넘치지만, 실행력은 세 살 아이보다 못한 위연호였다.

"야."

"예! 나으리!"

하대붕이 무릎걸음으로 번개처럼 위연호의 바로 앞까지 뛰어왔다.

"또 그럴 거야?"

"천부당만부당한 말씀이십니다! 제가 미치지 않은 이상 그럴 리가 있겠습니까!"

"이자는?"

"당장 황궁 권고 이자로 바꾸겠습니다."

"진짜지?"

"아이고, 나으리! 제가 목숨이 열 개도 아닌데, 어느 안전이라고 거짓을 고하겠습니까! 이번 한 번만 용서해 주신다면 청렴하게 살며 평생 나으리의 은혜를 잊지 않겠습니다."

위연호는 의심이 가득 담긴 눈으로 하대붕을 바라보았다.

"장사꾼이 하는 말은 믿으면 안 된다고 했는데 말이야."

의심은 갔지만, 다른 수가 없는 위연호였다.

"목걸이!"

"여기 있습니다!"

하대붕이 번개처럼 목걸이를 내밀었다.

"돈!"

"예?"

"사기 친 돈 내놔."

"예!"

하대붕은 품 안에서 은자 한 냥을 꺼내 내밀었다.

눈물이 찔끔 났지만 이 상황을 무마하려면 이 수밖에 없었다. 하지만 위연호는 코웃음을 쳤다.

"장난해?"

"예?"

"열 냥짜리를 한 냥 받고 빌려줬으니, 아홉 냥은 사기 친 것 아냐?"

"예……."

하대붕은 흐르는 눈물을 감추었다. 열 냥짜리를 맡겨서 열 냥 다 주는 전장이 어디 있냐고 항변하고 싶었고, 그렇다 치더라도 남은 돈을 다 뺏어가는 경우가 어디 있냐고 소리치고 싶었지만…… 어쩌겠는가, 칼자루는 위연호가 쥐고 있는데.

하대붕은 말없이 은자 열 냥짜리 전표를 꺼내 위연호의 손 위에 올려두었다.

손 위에 먼저 올려져 있는 한 냥을 회수할 것인지 몇 번이고 고민한 하대붕이지만, 염라대왕의 수염을 뽑을 용기는 없었다.

하지만 위연호의 반응은 여전히 곱지 못했다.

"말로 하니까 이게 정말 장난으로 아나?"

"무, 무슨 말씀이신지······."

"빌려갈 땐 열 냥이지만, 갚을 때는 삼십 냥이다. 아냐?"

하대붕의 손이 떨렸다.

은자 삼십 냥이면 손해가 막심했다.

아무리 은하전장이 어디서도 무시 못할 곳이라지만, 은자 삼십 냥을 쉽게 생각할 정도는 아니었다. 다만, 위연호가 말하는 논리가 그들이 지금까지 써먹어오던 논리라 빠져나갈 구멍이 없었다.

하대붕을 부들부들 떨리는 손으로 열 냥짜리 전표 두 장을 더 꺼내 위연호에게 내밀었다.

위연호는 그제야 만족한 듯 전표를 받아 품에 챙겼다.

"계산은 철저해야지. 그럼 이제 내놔."

"예? 또 뭘······."

위연호가 인상을 썼다.

"확 찔러 버릴까 보다, 진짜!"

"아이고, 나으리!"

"이건 니가 성수장에 사기 친 돈이고! 이젠 나랑 생긴 문제를 해결해야지? 오고 가는 금전 속에 싹트는 인정 몰라?"

불법 금품 수수를 당당하게 요구하는 위연호였다. 하대
붕은 속으로 벼락 맞을 놈이라고 연신 욕을 해 댔지만, 겉
으로는 최대한 방실방실 웃는 얼굴을 유지했다.

"그럼 얼마나……."

"알아서 합시다, 알아서."

하대붕은 마른침을 삼키며 품 안에서 은자 열 냥짜리 전
표를 꺼내 위연호에게 내밀었다.

위연호는 말없이 전표를 받아 챙기고는 일어났다.

"나, 나으리, 정말 착하게 살겠습니다."

"아냐, 안 그래도 돼."

"예?"

"이젠 알아서 해줄 사람들이 올 거야. 열 냥이면 북경까
지 서찰 하나는 붙일 수 있겠지. 모자라면 내 돈 좀 보태면
되지!"

하대붕은 번개처럼 달려들어 위연호의 바지를 움켜잡고
매달렸다.

"아이고, 나으리! 그건 그냥 나가시는 길에 목이나 축이
시라고 드린 돈입니다! 진짜는 따로 있습니다!"

"놔! 바지 내려가!"

"나으리, 살려주십시오!"

하대붕은 그렇게 무려 금자 다섯 냥을 더 뱉어내고 나서
야 위연호의 노기를 가라앉힐 수 있었다.

"착하게 살아라."

"그럼요! 나으리! 털어서 먼지 하나 안 나는 사람이 되겠습니다!"

위연호는 하대붕의 대답에 코웃음을 치고는 문을 열고 밖으로 나갔다.

끼이익.

조금 뒤, 문이 열리고 사환이 들어왔다.

"갔냐?"

"예. 갔습니다."

하대붕은 고함을 질렀다.

"빌어먹을 놈! 벼룩의 간을 내먹을 놈! 여하튼 나라 녹을 먹는다는 놈들이 썩어도 제대로 썩었다니까! 저런 놈들에 비하면 우린 보살이지, 보살! 에라이! 어린놈이 벌써 돈맛을 알아 가지고…… 가다가 코나 깨져라, 썩을 놈!"

쾅!

그때, 문짝이 날아가며 하대붕의 볼을 스치고 지나갔다.

"……."

주룩.

문짝이 얼마나 강맹하게 날아왔는지 하대붕의 볼이 가볍게 갈라져 피 한 방울이 볼을 타고 흘러내렸다.

하대붕은 하얗게 질린 얼굴로 문을 바라보았다.

날아간 문짝 뒤로 위연호가 안면에 경련을 일으키며 서

있었다.

"어찌……."

하대붕의 입이 열리다 말았다.

위연호는 손을 들어 책상 위를 가리켰다. 거기에 빛을 발하는 작은 금검이 놓여 있었다.

"가다가 생각해 보니 놓고 갔더라고."

하대붕은 책상 위에 놓여 있는 금검과 위연호를 번갈아 보다가 반은 웃고, 반은 우는 표정으로 힘겹게 입을 뗐다.

"제, 제가 가져다 드려도 되는데."

"그런 수고까지 끼칠 수 있겠어? 어린놈이? 썩어 빠진 관리 놈이 그런 일까지 시키면 벼락 맞아 뒈지지. 아냐?"

"……헤헤, 나으리……. 제 말뜻은 그게 아니옵고……."

"사람은 말이야, 모든 화가 입에서 나오는 법이지. 당신이 무슨 죄가 있겠어."

"마, 맞습니다, 나으리!"

"고놈의 조동아리가 문제지! 오늘 그 입이 저절로 잘못했다고 할 때까지 한 번 맞아보자!"

"히이익! 나으리, 죄송합니다!"

"넌 입 다물어! 입이 말해야 돼, 입이! 니가 말하면 무효다!"

"그게 대체 무슨…… 억! 아이고, 나으리, 살려주십시오!"

"니가 아니라 입이 말해야 한다니까!"

"히이이이익!"

은하전장에 돼지 멱따는 소리가 울려 퍼졌다.

심상치 않은 기사에 동네 사람들이 나와 수군댔지만, 안에서 무슨 일이 벌어지고 있는지는 아무도 알지 못했다.

*   *   *

쾅!

겨울 녘에 주워 와 입구에 달아놓았던 문짝이 깔끔하게 부서졌다.

개방 소걸개 장일은 살짝 눈물이 고일 것만 같았다.

'그래도 저 문이 바람도 막아주고 참 좋았는데……'

이제 어디 가서 저런 문짝을 다시 구한단 말인가.

하지만 장일은 슬퍼할 틈이 없었다.

슬픔보다 더 무서운 재앙이 지금 그에게 들이닥치고 있었다.

"사실인가?"

"진정 좀 하게! 어허, 진정하라니까!"

장일은 문짝을 부수고 들어와 자신의 멱살을 잡은 이를 바라보았다.

불구대천의 원수를 맞이한 듯 있는 대로 투기를 뿜어내

고 있는 이 청년을 일단은 진정시켜야 했다.

아니면 움막이 통째로 날아갈지도 몰랐다.

그가 아무리 개방의 소걸개라고는 하지만 지금 눈앞에 있는 청년을 감당하기는 어려웠다. 후기지수 중 최고의 인재라 일컬어지는 척마검(斥魔劍)이 이성을 잃고 달려드는데, 누가 멀쩡할 수 있겠는가.

"서찰이 사실이냐고 물었다."

장일은 고개를 끄덕였다.

"사실일세."

청년은 부릅뜬 눈으로 한참 동안 장일을 노려보았다.

"진정으로?"

"그렇다니까."

스르륵.

청년은 넋이 나간 듯 허공을 바라보며 손에 힘을 풀었다. 장일은 한숨을 푹 내쉬었다.

'내가 다시 위가랑 상종하면 사람이 아니다.'

그런 장일의 마음을 아는지 모르는지, 청년은 한참을 그렇게 우두커니 서 있다가 중얼거렸다.

"살아 있었어."

장일은 화를 내려 했다.

이게 오 년 만에 동생의 소식을 알려준 이에게 할 태도냐고. 아무리 그래도 예의가 너무 없는 것이 아니냐고 소리치려 했다. 하지만 눈앞의 청년의 모습 속에서 너무나도 많은 감정이 소용돌이치는 것을 느끼고는 입을 다물고 말았다.

'그래, 오 년 만에 동생이 살아왔는데 그럴 만도 하지. 마음 넓은 내가 참아야지!'

장일은 애써 그렇게 생각하려 했다.

그때, 청년 위산호가 그를 바라보았다.

"그래서 녀석은 지금 어디 있나?"

"응?"

"어디로 갔는가?"

"글쎄? 유림으로 간다던데, 어디로 갔는지는 잘 모르겠는데?"

"어느 방향으로?"

"그게……."

위산호의 눈에서 불똥이 튀었다.

"모른다고?"

"아니, 그게…… 그 녀석이 조사해 달라던 문서가 있으니까 그중 하나가 아닐까 싶은데……."

"문서는?"

"그건 녀석이 가져갔는데……."

"그럼?"

"아니, 나한테 그렇게 말해봤자……."

"여기서 정보를 얻어서 갔는데 어디로 갔는지도 모른

다고?"

장일은 울고 싶었다.

'나보고 어쩌라고.'

이 위가 놈들은 왜 하나같이 말이 통하지 않는가.

다른 놈들이 개방의 개봉 분타에 들러서 이런 행패를 부린다면 당장 복날의 개꼴이 되어서 쫓겨날 테지만, 눈앞에 보이는 이 청년에게만은 그럴 수도 없었다.

복날에 개잡으려다 거지 엉덩이에 이빨 구멍 뚫리는 상황이 벌어지고 말 것이다.

천하에 위명이 자자한 척마검을 분타급에서 무슨 수로 감당한단 말인가.

위산호는 당장에라도 검을 뽑아 들 기세였다.

"일단 하오문에서도 정보를 받았으니까, 그쪽에 말해보면⋯⋯."

"가세."

"응?"

"그 하오문에 가자고. 뭘 꾸물대는 건가?"

"아니, 나는 거기는 이제⋯⋯."

"어서!"

장일은 자리에서 일어나며 다시 한 번 결심을 굳혔다.

'내가 오늘 이후로는 광동 쪽으로는 오줌도 안 눌 테다!'

그렇게 장일은 도살장에 끌려가는 소가 된 심정으로 하

오문 개봉 지당으로 향했다.

그리고 하오문 개봉 지당에서는 또다시 커다란 욕지기가 울려 퍼졌다.

"데려올 사람이 없어서 척마검을 데려와? 오늘 너 죽고 나 죽자, 이 거지새끼야!"

"아니! 내가 그러려고 한 게 아니오! 진정하시오, 귀낭낭!"

"닥쳐! 내가 오늘은 너랑 사생결단을 내겠다!"

"내가 그러려고 한 게 아니라니까! 아아악! 진짜 미치겠네!"

장일은 이번엔 반대쪽 눈이 밤탱이가 되어야 했다.

*　*　*

같은 시각, 광동위가.

굳게 닫혀 있던 광동위가의 대문이 힘없이 열렸다.

문을 열고 안으로 들어선 일남 일녀는 몰골이 말이 아니었다. 흙먼지가 잔뜩 묻어 뿌예진 모습으로 들어선 일남 일녀를 본 이들이 하나같이 안타까운 얼굴로 고개를 숙였다.

"가주님, 가모님! 오셨습니까?"

얼른 달려온 이가 물에 적신 수건을 그들에게 내밀었다.

위정한은 별말 없이 손을 뻗어 수건을 받아 들고는 흙먼지 가득한 얼굴을 닦아냈다.

"별일 없었는가."

"별다른 일은 없었습니다, 가주님."

"내가 미욱하여 자주 자리를 비우다 보니, 자네들이 고생이 많네."

"그렇지 않습니다, 가주님."

위정한을 바라보는 하인들의 얼굴에는 안타까움이 서려 있었다.

"조 총관은?"

"안쪽에서 집무를 보고 계십니다."

"후……."

위정한은 굳은 얼굴로 하늘을 올려다보았다.

"이번에도……."

한상아는 깊게 한숨을 내쉬었다.

혹여나 싶어 이번에는 사천을 샅샅이 뒤져 보았건만, 위연호의 흔적조차 찾지 못했다.

하오문에 수배를 하고 개방에 의뢰를 넣은 것으로도 모자라서 직접 천하를 뒤지고 다녔건만, 그 어디에도 위연호의 흔적을 찾을 수가 없었다.

"연호야……."

"상아."

위정한은 차마 한상아를 위로하지 못했다.

자식을 잃은 어미를 무슨 수로 위로한단 말인가.

오 년.

위연호가 사라진 지도 벌써 오 년이라는 세월이 흘렀다.

강산이 반쯤 변하고도 남을 세월이 지났지만, 한상아는 아직도 위연호를 포기하지 못했다.

한상아가 처연한 얼굴로 입을 열었다.

"어딘가에는 살아 있겠죠."

"그럴 거요."

"그때 무관에 보내지만 않았어도……."

위정한은 깊게 탄식했다.

그날 위정한이 무관에 보내기로 마음먹지만 않았어도 지금쯤 위연호는 자기 방에서 뒹굴대고 있을 터였다.

'차라리 그게 낫지.'

비록 위정한의 속이 썩어 들어가긴 했겠지만, 지금처럼 가슴이 갈가리 찢어지지는 않았을 것이다. 어찌 게으름을 피우는 것과 죽었는지 살았는지도 알 수 없는 것을 비교할 수 있단 말인가.

게으르다고 구박하고, 학관에라도 보내서 게으름을 고치려 했던 것이 다 헛된 욕심처럼 느껴진다.

게으름을 좀 피우면 어떻다는 말인가. 건강하게만 자라 주면 되는 것을.

자식을 반듯하게 키우겠다는 그의 욕심이 자식을 죽음으

로 몰아간 것 같아서 죄책감을 참아내기가 힘들었다.

"이럴 줄 알았으면 게으름 피울 때 구박하지 말 것을."

"……."

"그 어린것이 얼마나 고생을 하고 있을지."

"상아."

위정한은 한상아의 어깨를 두드렸다. 그러고는 고개를 들어 하늘을 바라보았다.

'살아는 있는 거냐, 이 녀석아.'

위정한은 이미 답을 알고 있었다. 살아 있다면 왜 오 년 동안이나 연락 한 번이 없었겠는가. 가슴이 아픈 일이지만, 위정한은 이제 그만 인정해야 할 때가 왔다고 생각했다.

하지만 한상아는 아직 위연호를 놓을 생각이 없는 모양이었다.

"다음에는 해남으로 가봐요."

"상아."

"마지막으로 거기만 가봐요. 네?"

이미 결론이 빤한 일이지만, 자식을 잃은 어미의 심정을 헤아린다면 소용없는 일이라 말할 수가 없었다. 위정헌은 묵묵히 고개를 끄덕이고 말았다.

그날 이후로 매일 밤 눈물로 베개를 적시는 한상아를 알 기에 그만하자는 잔인한 말만은 그의 입으로 할 수 없는 것이다.

"그럽시다."

"거기에는 있겠죠? 네?"

위정한은 대답을 하지 못했다.

"해남으로 가려면 지금은 조금 쉬어야 하지 않겠소? 당신, 몰골이 말이 아니오."

"자식이 무슨 꼴을 당하고 있을지도 모르는데…….'"

"당신이 힘이 있어야 애를 찾을 것 아니겠소? 씻고 식사부터 합시다. 며칠을 쉬어야 다시 힘을 내 해남으로 갈 수 있을 거요."

"……그럴게요."

"어서 갑시다."

위정한이 한상아를 부축했다.

손끝에 와 닿는, 앙상해진 한상아의 어깨를 느끼며 위정한은 침음을 삼켰다. 마음고생이 워낙에 심해서 밥도 잘 먹지 못하는데, 장기간의 여행으로 많이 수척해져 있는 상황이었다.

이대로라면 위연호를 찾아내기도 전에 한상아가 먼저 쓰러질 것이다.

'수를 내야겠어.'

이제는 그만 포기를 해야 할 시간이다. 위정한은 그러한 속마음을 숨기고는 한상아를 부축해 힘없는 발걸음으로 대문으로 들어섰다.

"가, 가주님! 가주님!"

그 순간, 위정한은 자신을 향해 전력으로 달려오는 조방을 보고 눈살을 찌푸렸다.

조방은 그가 화를 내거나 급박하게 일을 처리하려 할 때마다 되레 말릴 정도로 침착한 사람이었다. 그런 사람이기에 집안의 대소사를 위임하고 위정한이 밖으로 돌 수 있었던 것이다.

그런데 저 사람이 저리 다급한 모습을 보인다?

"무슨 일인가?"

"서, 서찰이! 서찰이 왔습니다! 가주님!"

위정한이 살짝 입술을 깨물었다.

"그게 뭐 어쨌다는 건가? 뭐 대단한 일이라고 이리 경거망동을 하는가!"

"그게! 서찰을 보낸 사람이!"

"사람이?"

"두, 두두, 두두둘……."

"말을 하게, 이 사람아."

"두, 둘째 공자님이……."

"뭐?"

순간, 한상아가 번개가 무색할 속도로 조방을 향해 달려들었다. 이 순간의 속도만 본다면 한상아가 무학이 깊지 못하다는 말을 누구도 믿지 못할 것이다.

조방의 어깨를 움켜잡은 한상아가 소리쳤다.

"연호가?"

"예! 그렇습니다, 마님!"

"서, 서찰은요?"

"제가 너무 떨려서 들고 나오지를 못해서 일단 가주님의 집무실에……."

말이 끝나기도 전에 위정한이 한상아에게 달려들어 그녀를 들쳐 업다시피 안아 들고는 집무실을 향해 달렸다.

"빨리요!"

"알았소!"

굳건한 문이 눈에 들어왔지만, 위정한은 느긋하게 문을 열고 있을 만큼 평온하지 못했다. 문에 도달한 위정한의 다리가 거침없이 뻗어졌다.

쾅!

문이 부서져 나가고, 책상 위에 놓인 서찰이 눈에 들어왔다.

위정한은 한상아를 내려놓고 떨리는 손으로 서찰을 뜯었다.

어머니, 그리고 아버지께.

저예요.

어쩌다 보니 오 년 만에 연락을 하게 되네요. 일단 불효를 용서하세요. 저도 도무지 연락을 할 수 없는 상황이라 이제야 연락을 하게 되었어요.

서찰을 쓰기 전에는 참 할 말이 많았는데, 막상 붓을 드니 뭐라고 적어야 할지 모르겠어요.

일단 상황을 설명드리자면, 전 형이랑 떨어지고 나서 마귀를 만났어요. 그 마귀에게 무공을 배우느라 오 년 동안 동굴에 처박혀 있었어요.

이제 겨우 풀려났나 싶었더니, 그 마귀가 제 몸에 금제를 해놓아서 지금은 집으로 돌아갈 수가 없어요.

일단은 세상을 조금 더 돌아봐야 할 것 같아요. 그래서 서찰으로나마 안부를 전합니다.

마음 같아서는 지금 바로 집으로 가고 싶지만, 아직은 조금 더 고생해야 할 것 같네요. 무사히 수련을 마치면 바로 집으로 갈 테니, 너무 걱정 마세요.

할 말이 너무 많은데 대체 무슨 말부터 해야 할지 모르겠어요.

그러니까 오늘은 이것만 보낼게요. 다음에 또 서찰 보낼게요.

다시 만나 뵙는 그날까지 두 분 다 몸 건강하세요.

연호.

위정한의 손이 부들부들 떨렸다.

위연호가 살아 있다는 것은 너무나도 기꺼워 눈물이 절로 날 만큼 기쁜 소식이지만, 이어지는 내용이 그의 가슴에 천불이 나게 만들었다.

"누가!"

위정한이 분노에 차 고함을 쳤다.

"누가 감히 내 아들에게 금제를 했다는 말인가!"

쩌렁쩌렁한 위정한의 고함 소리에 지붕이 다 들썩일 지경이었다.

"감히!"

강호에서 정협검이라 불리는 위정한이 그 별호에 걸맞지 않게 분노를 뿜어냈다. 하지만 그 분노의 와중에도 한줄기 안도감이 느껴지고 있었다.

한상아는 서찰을 붙잡고 한없이 눈물만 흘렸다. 위정한은 그런 한상아를 끌어안고 말했다.

"살아 있소! 연호 놈이 살아 있소! 상아!"

"연호야……."

위정한은 고개를 돌려 조방을 바라보았다.

"누가 서찰을 가져왔나?"

"그게 하오문에서……."

"하오문?"

"하오문 개봉 지부에서 전해져 온 서찰입니다. 이공자님께서 직접 그곳에 방문하여 서찰을 쓰셨다고 합니다."

"개봉!"

위정한은 고개를 끄덕였다.

"서찰이 언제 왔지?"

"그게, 이미 한 달 전에……."

"그럼 우리에게 알렸어야지!"

"도통 두 분이 어디 계신지 알 수가 없었습니다."

"끄응!"

위정한은 손을 내저었다.

"아무래도 좋아. 일단! 일단! 음…… 일단 그러니까! 개봉으로 가자. 아니, 산호! 산호에게 먼저 알려야 해! 수련이에게도…… 아니다. 일단 개봉으로 가서!"

"진정하십시오, 가주님."

"내가 지금 진정하게 생겼는가!"

버럭 고함을 지르는 위정한을 보며 조방은 자신도 모르게 만면에 함박웃음을 띠었다.

"이럴 때일수록 침착해야 합니다."

"그래, 그렇지. 그래, 침착해야지. 조 총관, 자네는 지금 당장 수련이랑 산호에게 서찰을 보내게."

"예!"

"그리고 나는 지금 일단…… 그러니까, 아! 안 되겠다.

일단은 진정해야 해!"

그 순간, 한상아가 자리에서 벌떡 일어났다.

그러고는 처소를 향해 뛰어갔다.

"상아? 뭐하는 거요?"

"짐 싸야지요."

"짐?"

"개봉으로 가야 할 것 아니에요!"

"그렇지! 내 정신 좀 보게. 짐! 짐이다! 조 총관!"

"예, 지금 당장 준비하겠습니다!"

위정한은 심호흡을 한 뒤, 다시금 서찰을 읽었다.

"……이 마귀 놈."

여리디여린 위연호가 마귀라고 표현해 놓은 것을 보아 분명 사악한 마두를 만난 것이 빤했다. 그것도 모자라 연호의 몸에 금제까지 해두었다지 않는가.

"이 마귀 놈! 내 아들을 감금한 것도 모자라서 금제까지 해놔? 찢어 죽이겠다! 죽었으면 시체라도 갈가리 물어뜯어 주마!"

이상한 오해가 싹트고 있었다.

그때, 날카로운 목소리가 들려왔다.

"짐 안 쌀 거예요?"

"그렇지! 내 정신 좀 보게! 조 총과아아아안!"

"예, 가주님. 지금 준비 중입니다!"

"개봉으로 가자, 개봉으로! 지금 당장!"

그렇게 광동위가에는 한바탕 소란이 벌어졌다. 광동에서 조용히 숨죽이던 광동위가가 지금 중원을 향해 무시무시한 기세로 달려들고 있었다.

안타깝게도 중원의 입장에서는 그리 달가운 일이 아니었다.

*　　*　　*

똑똑!

진예란은 방문을 두드리는 소리에 고개를 들었다.

'이 야심한 밤에 누가?'

혹여 도둑인가 하는 마음이 들었지만, 도둑이 친절하게 문을 두드리지는 않을 것이다. 강도가 들었을 수도 있지만, 강도도 생각이 있다면 성수장을 털러 오지는 않을 것이다.

진예란은 조심스레 문을 열었다.

"음?"

하지만 문밖에는 아무도 없었다. 고개를 갸웃거리던 진예란은 방문 아래 놓여 있는 물건들을 발견했다.

"아……."

진예란은 짧은 호성을 냈다. 그러고는 가녀린 두 손을 들어 입을 감쌌다.

"이건……."

진예란은 바닥에 놓인 물건을 향해 떨리는 손을 뻗었다.

세 장의 전표와 전표 위에 놓인 목걸이.

다시는 보지 못할 것이라 생각했던 어머니의 유품을 보자 진예란의 눈가에 절로 눈물이 맺혔다.

"누가 이걸……."

진예란은 주위를 둘러보았지만, 아무도 보이지 않았다.

달은 빙그레 웃을 뿐, 대답이 없었다.

19장
의중지문(醫中之門)

숭천정무맹(崇天正武盟).

강호 정도를 이끌어 나간다는 숭천정무맹. 그리고 그 숭천정무맹의 중심이라고 할 수 있는 맹주전에서 지금 두 사내가 마주 앉아 있었다.

얼핏 보면 문사라 착각할 만큼 부드러운 인상의 청삼 사내. 겉으로 보는 사내의 모습은 아무리 보아도 불혹을 넘지 않아 보였다. 무력과 권력의 상징인 숭천정무맹의 맹주전에는 전혀 어울리지 않아 보이는 사내였다.

하지만 건너편에 앉아 있는 정무맹 군사, 신기수사 조현의 공손한 자세를 본다면 생각이 달라지리라.

명실상부한 정무맹의 이인자인 신기수사 조현에게서 이리 공손한 자세를 이끌어낼 사람은 천하에 단 하나뿐이었다.

권극(拳極) 사마천세(司馬天世).

이 사나이가 바로 숭천정무맹의 맹주이자 두 주먹만으로 천하무적이라 불리는 불세출의 권사인 사마천세인 것이다.

"뭐라 했는가?"

사마천세의 눈가가 꿈틀댔다.

불혹으로밖에 보이지 않는 사마천세가 신기수사에게 하대를 하는 것이 이상하게 보일지도 모른다. 하나 사마천세의 나이는 이미 백에 달해 있었다.

심후한 내공이 그의 육체를 젊게 만든 것이다.

"팽가의 아이가 녹림이 철혈문과 접촉하는 것을 확인했습니다."

신기수사의 대답에 사마천세는 눈을 살짝 감았다. 생각을 정리하고 있는 것이다.

"그 아이는?"

"팽가의 팽도극이라는 아이입니다. 녹림십겸이 그 아이를 쫓았으나 천운이 닿아 그들을 물리칠 수 있었다고 합니다."

"녹림십겸까지? 그 정도로 중히 여긴 사항이라면 이미 녹림은 철혈문과 함께 움직이기로 했다고 봐야 하지 않겠나?"

"제 생각도 같습니다. 회담이 결렬되었다면 그 사실을 그리 숨기려 들지 않았을 것입니다."

"철혈문과 녹림이라……. 큰일이로군."

사마천세의 깊은 한숨이 그의 심정을 대변해 주는 것만 같았다.

당금의 강호는 혼란, 그 자체였다.

이십 년 전, 마교 잔당의 발호 이후 다행히 큰 사건이 없던 덕에 각 세력들은 유례없는 힘을 축적할 수 있었다.

하나 가득 차면 넘치는 법.

힘을 얻은 세력들이 가득한 강호는 지금 터져 나가기 직전의 화약고와 같았다.

천하를 양분하고 있는 동쪽의 정무맹과 서쪽의 천의련(天義聯)을 중심으로 여러 문파들이 그 세를 자랑하고 있어 작은 시비로 커다란 혈사가 벌어지기도 하고, 가벼운 들에 한 문파가 사라지는 일이 비일비재하게 일어났

정무맹 측이 필사적으로 조율을 위해 노력하고 있는 중이지만, 그들만으로 이 사태를 감당하기에는 한계가 있었다.

더구나 그중에서도 가장 호전적이라 평해지는 철혈문이 녹림과 손을 잡는다면 반드시 일이 터질 것이다.

"확실한 일인가?"

"사안이 사안이다 보니 확인에 확인을 거듭하고 있습니다. 다만, 대비하지 않을 수 없을 정도로 일이 심각해져 가는 것은 확실합니다."

"천의련 쪽은 어떠한가?"

"전혀 움직이지 않고 있습니다. 다만……."

"다만?"

신기수사는 어두운 안색으로 입을 열었다.

"철혈문은 과거부터 천의련과 우호적인 관계를 유지하고 있습니다. 만약 이번 녹림과의 조율이 천의련의 비호 아래서 벌어지는 일이라면 사태는 생각보다 더 커질 수도 있습니다."

"천의련에 철혈문, 게다가 녹림이라……."

사마천세는 가슴 한쪽이 답답해져 오는 것을 느껴야 했다. 상상 하는 것만으로도 머리가 지끈거릴 정도로 거대한 세력이었다. 만약 그들이 정말로 연합을 했다면 정무맹으로는 감당할 수 없을 터였다.

사마천세는 한숨을 쉬었다.

"천의련과 반목한다면 얼마나 많은 피를 흘려야 할지……."

신기수사는 수심에 찬 사마천세의 모습을 보며 입을 닫았다.

"그건 그렇고, 팽도극이라는 아이가 녹림십걸의 손에서 벗어났다 했는가? 벗어나다 못해 그들을 물리쳤다고?"

"그렇습니다."

"대단하군, 정말 대단한 일이야. 그 아이의 나이가 어떻게 되는가?"

"이제 겨우 약관을 넘었습니다."

"허어!"

사마천세는 경탄을 하며 놀란 눈으로 신기수사를 바라보았다.

"팽가에 범이 자라고 있구나! 그 어린 나이에 그들을 상대하다니! 아무래도 다음 대의 천하는 팽가의 천하가 되겠구나."

신기수사는 겸연쩍은 표정으로 고개를 저었다.

"그게 아니라 도와준 이가 있던 모양입니다."

잔뜩 무게를 잡고 말했는데 힘이 쭉 빠지는 말이었다. 사마천세가 떨떠름하게 물었다.

"도와준 이?"

"도와준 이 역시 나이가 많지 않습니다. 아니, 오히려 팽도극보다 더 어린 아이입니다."

"팽도극보다 어리다니! 이 사람아, 속 시원하게 말 좀 해보게!"

신기수사는 슬쩍 미소를 지었다.

"그렇게 쉽게 말씀드릴 일이 아닙니다. 왜냐면 그 아이가 누군지 아시면 맹주께서도 무척 기뻐하실 일이기 때문이지요."

"자네, 내가 답답해 죽는 꼴 보고 싶은 겐가?"

신기수사는 사마천세가 답답한 듯 가슴을 치자 못내 입을 연다는 듯 말을 이었다.

"팽도극은 위연호라는 아이가 자신을 도와주었다고 말했습니다."

"위연호?"

"예. 광동위가 위정한 가주의 둘째 아들 같습니다. 오년 동안 실종되었다더니, 얼마 전부터 모습을 드러냈습니다."

"위정한이라고?"

"예, 그렇습니다."

"그렇지! 정협검이 아니면 누가 그런 아이를 길러내겠는가! 아암! 그렇고말고!"

사마천세의 얼굴이 환해졌다.

정협검 위정한이라면 그가 가장 아끼는 후배 중 하나였다. 이십 년 전 마교의 발호 때, 정무맹의 소속으로 누구보다 뛰어난 활약을 보였던 이가 아닌가.

당시 위정한이 사마천세가 이끌던 대의 조장이었기에 사마천세는 누구보다 그를 잘 알고 있었고, 누구보다 그를 아졌다.

"그 친구, 오 년 전부터 얼굴 보기가 힘들더니, 그사이 자식을 용으로 만들고 있었군!"

"장남 역시 척마검으로 유명한 위산호입니다. 십 년만 지나면 광동위가가 천하제일가라 불릴지도 모를 일입니다."

"허허허! 그것참 기꺼운 일이로군! 또한 당연한 일이지. 그때 정무맹에 남아 있었다면 지금쯤은 각주 자리 하나쯤은 당연히 그의 몫이었을 테니 말이야."

"그렇습니다."

"아무리 천하가 어지럽다고는 하나 이렇듯 천하를 이끌 동량들이 하나둘 나타나고 있으니, 어찌 희망이 없다고 하겠는가. 그 아이들이 후에 천하를 이끌 때는 모든 것이 평탄하도록 만드는 것이 우리의 일이겠지."

"지당하신 말씀이십니다."

"위연호, 위연호라……. 허허! 정협검이 키웠으니 몸가짐은 당연히 바를 테고, 협심 역시 대단하겠지! 게다가 그 무위하며! 위가에서 용이 났구나! 강호를 위해 큰일을 하겠어!"

신기수사 조현은 고소를 머금었다.

사마천세가 이리 기뻐하는 모습을 보는 것이 얼마 만인지 몰랐다.

"정협검, 그 친구도 이 기회에 맹으로 돌아오면 좋으

련만……."

"그리될 것입니다. 첫째는 이미 무관을 졸업했고, 둘째 역시 장성했으니 말입니다."

"그리되어야지."

사마천세의 눈에 아련함이 맺혔다.

숭천정무맹의 맹주가 아니라 한 사람의 무인으로서 강호를 질타하던 시절이 떠오른 모양이었다.

"그래, 이 혼란한 시기에 그들 부자가 큰 힘이 되어주겠구나."

"강호의 홍복이지요."

뭔가 단단히 착각하고 있는 두 사람이었다.

*   *   *

정무맹의 맹주와 군사가 강호의 홍복이라 평한 위연호는 지금 방바닥을 굴러다니고 있었다.

표행을 따라오느라 쌓인 피로와 한림대장원에서 겪은 일 때문에 쌓인 정신적 피로가 폭발한 위연호는 방바닥이 자신이고 자신이 방바닥인 경지에 이르러 있었다. 밥을 먹을 때를 제외하고는 열두 시진을 전부 굴러다니느라 바닥이 저절로 데워질 지경이었다.

성수장에 처음 도착했을 때 그를 방해했던 일말의 양심

은 은하전장 사건과 함께 하늘로 날아가 버린 지 오래였다.

은하전장에서 받아온 돈으로 마지막 양심을 해결해 버린 위연호는 모든 마음의 짐을 덜어낸 채 그야말로 바닥과 혼연일체가 되어버렸다.

그리고 덕분에 그를 지켜보는 이들은 인간이란 존재가 얼마나 추하고 쓸모없을 수 있는지 실감하고 있었다.

"끄응."

밥상을 들고 방 안으로 들어선 진소아는 바닥을 굴러다니는, 인간이라 생각되는 것을 보며 눈살을 찌푸렸다.

"일어나세요."

"……."

"식사 왔어요."

만년거암처럼 굳게 닫혀 있던 위연호의 눈꺼풀이 천지가 개벽하듯 천천히 그 웅장한 눈알을 드러냈다.

"밥?"

"……."

"밥!"

꿈틀대며 밥상으로 어기적어기적 기어오는 위연호를 본 진소아는 자신도 모르게 깊은 한숨을 내쉬었다.

인간이란 대체 얼마나 추해질 수 있는 건가.

처음 직접 밥상을 나르던 진예란은 위연호의 꼴을 며칠 보더니, 밥상 나르는 일을 진소아에게 맡기고 위연호와 관련된 일에 손을 털어버렸다.

진소아 역시 하나뿐인 누나가 저런 한량과 연관되는 일을 보고 싶지 않았기에 두말없이 자신이 그 일을 맡았다. 하지만 요즘 진소아는 그때의 선택을 후회하고 있었다.

구운 오리 다리를 뜯어 문 위연호는 방긋 웃음을 지었다.

"맛있네! 너도 좀 먹지."

"……궁금한 게 있습니다."

"말해."

"찝찝하시지 않습니까?"

"응?"

위연호는 고개를 갸웃했다.

"왜?"

진소아에 눈에 덕지덕지 붙은 눈꼽과 입가에 허옇게 말라붙은 침이 보였다.

"이곳에 오시고 나서 씻으신 적은 있으십니까?"

"자주 씻으면 병 걸려."

진소아도 그가 씻었을 거라고 생각하고 물어본 것은 아니었다. 누가 보아도 위연호의 몰골은 얼굴에 물이라도 대 본 사람의 그것이 아니었다.

그저 최소한의 양심이라도 남아 있는지 물어본 것뿐인데, 위연호는 역시나 그의 기대를 저버리지 않았다.

그리고 생각이 있는 놈이면 의가에서 자주 씻으면 병에

걸린다는 헛소리를 늘어놓지는 말아야 할 것 아닌가!

생각이 있는 놈이라면 말이다!

"끄응."

위연호는 진소아의 표정을 보고 고개를 숙여 자신의 옷에 코를 들이댔다.

"킁킁."

그러고는 어깨를 으쓱했다.

"괜찮은데?"

'그게 괜찮으면 동네 거지새끼들은 깔끔병에 걸렸겠죠.'

하지만 진소아는 차마 속에 든 말을 꺼내지 못했다. 아무리 최소한의 인간적 기본을 말아먹은 인간과 마주한다고 해도 마지막 한줄기 예의를 놓지 않는 것이 진소아였다. 이래서 가정교육이 중요한 것이다.

위연호는 자신의 몸을 두어 번 살핀 후, 다시 오리 다리를 뜯었다.

내공을 활용하는 상승무공을 익힌 사람은 언제나 기가 순환하기 때문에 먼지가 잘 달라붙지 않고 육체가 깨끗하게 유지되기 마련이었다.

그러나 그것도 한계가 있었다.

육체를 흐르는 기운들이 죽어라고 자정작용을 해 댔지만, 위연호의 육체를 깨끗하게 만든다는 것은 무리였다. 최소한 달포에 한 번은 씻어준다든가, 의복이라도 갈아입어 주어야 어떻게 자정이 먹힐 것이 아닌가.

아무리 육체가 깨끗하다 해도 입고 있는 의복을 세척해 낼 수는 없는 법이었다.

되레 음식으로 흡수한 화기를 모공으로 배출해 내는 과정에서 이물질이 의복에 흡수되어 하루하루 더 더러워져 가고 있었다.

"목욕물을 준비할 테니 씻으시는 게……."

"뭐하러 그래, 귀찮게."

'그게 귀찮으면 살지 말아야죠.'

진소아는 다시 한 번 속에서 나오는 말을 꾹 눌렀다.

하고 싶은 말을 다 했다가는 이 사람과 철천지원수가 될지도 모른다. 아버지를 찾아온 손님과 드잡이질을 할 수는 없는 노릇 아닌가!

하지만 도저히 입을 다물고만 있을 수 없던 진소아가 묵직하게 입을 열었다.

"여기는 의가입니다. 다른 것은 몰라도 청결은 무척 중요한 일입니다. 몸이 좋지 않은 환자들이 드나드는 곳에서 불결한 의복과 몸을 한 사람이 돌아다닌다면 환자들에게 피해가 가게 됩니다. 그러니 제발 좀 씻어주세요."

위연호는 진지한 얼굴로 고개를 끄덕였다.

진소아는 위연호가 드디어 그의 말을 이해했다는 생각에 화색을 띠었다. 하지만 이어서 나오는 말에 맥이 탁 풀릴 수밖에 없었다.

"걱정하지 마. 난 여기서 안 나가니까. 정 그러면 문도 안 열게."

진소아는 풀린 눈으로 위연호를 바라보았다.

무슨 말을 하든, 무슨 부탁을 하든, 무슨 수를 쓰든……
이건 애초에 틀려먹은 인간이었다.

인간보단 차라리 짐승에 가까웠다.

'그래도 짐승은 배고프면 사냥하고, 물가에라도 다니지.'

짐승만도 못한 놈 아닌가!

진소아가 이해할 수 없는 것은 어찌 이런 인간이 숙부의 소개장을 받아 왔느냐 하는 것이다. 삼절대학사 문유환이라고 하면 그들의 숙부이기 이전에 그 고매한 인품으로 천하에 유명한 이였다.

그 문유환이 이런 한량을 소개장까지 써 줘가며 이리 보냈다는 것이 도무지 이해가 가지 않는 진소아였다.

'사기꾼인가?'

사기꾼이라기에는 문유환과 선친의 관계를 알고 있다는 것이 걸렸다.

한참을 위연호가 밥상을 비워 대는 꼬락서니를 보고 있던 진소아가 고개를 절레절레 내젓고는 자리에서 일어났다.

"식사 맛있게 하십시오."

"응, 고마워."

위연호가 입가에 오리 기름을 묻히고는 방긋방긋 웃었다.

그 꼴마저 끔찍한 진소아였다.

"그 사람은 여전히 그러고 있더냐?"

진소아는 생각하기도 싫다는 듯 진저리를 쳤다.

"예, 누님. 첫날 이후로 방에서 꼼짝도 하지 않은 채 바닥에 붙어살고 있습니다. 밥을 먹거나 측간에 갈 때가 아니면 서는 것은커녕 앉는 것도 본 적이 없습니다. 그게 벌써 칠 주야가 넘었습니다."

진소아의 불평에 진예란은 웃고 말았다.

그녀의 동생이 이렇게 감정을 표현하는 것이 대체 얼마만이던가.

아버지가 돌아가시고 가세가 기운 이후로는 언제나 나이에 맞지 않게 어른 흉내를 내던 아이였다. 아마도 객방에 눌러앉은 손님이 진소아의 심기를 단단히 건드린 모양이었다.

"뭐가 그리 못마땅하더냐?"

"살다 살다 저렇게 게으른 사람은 처음 봅니다."

"그래서 그 사람이 네게 해코지를 했더냐?"

"그건 아닙니다."

진예란은 고개를 끄덕였다.

"그렇다면 너 역시 그 사람을 나쁘게 말하지 말거라. 아무리 마음에 들지 않는다고 하나 선친의 손으로 오신 분이다."

평소라면 수긍했을 진소아도 이번만은 물러설 수 없는지 불만 어린 얼굴로 대꾸를 했다.

"아무리 선친의 손님이라고 하나 아무런 도움도 되지 않는 사람을 언제까지 이곳에서 먹이고 재워야 하는지 모르겠습니다."

"의가를 보러 오셨다고 하니, 보고 느낀 게 있으시면 갈 길을 가시겠지."

"방 안에 누워서 무슨 수로 의가를 본답니까? 그 사람이 먹는 밥값은 또 어떻게 하구요?"

"너는 돈을 걱정하지 않아도 된다."

"하지만……."

"너는 의원이다. 사람을 살리는 것이나 신경 쓰거라. 돈 같은 사소한 문제는 나에게 맡기거라."

진소아는 영 불만 어린 얼굴이었지만, 딱히 말대꾸를 하지는 않았다. 선친이 돌아가신 이후로, 아니, 그전부터 진예란은 그에게 어머니와 같은 존재였던 것이다.

진소아는 자리에서 일어났다.

"나가보겠습니다."

"그래."

진소아는 문을 열고 밖으로 나왔다. 고개를 들어 하늘을 본 진소아는 깊게 탄식했다.

"에휴."

끼이익.

그때, 위연호 방의 문이 열리더니, 위연호가 반쯤 감은 눈을 한 채 밖으로 휘적휘적 걸어 나왔다.

그 모습을 본 진소아는 반색하며 위연호에게 다가갔다.

"씻으실 마음이 생기신 거군요!"

위연호는 무슨 소리냐는 듯 진소아를 아래위로 훑고는 대수롭지 않다는 듯 말했다.

"아, 나 신경 쓰지 마. 오늘은 방 안이 좀 추워서 지붕 위에 올라가서 잘 거니까."

"네?"

"따뜻하고 좋아. 같이 올라갈래?"

진소아가 허탈한 얼굴로 위연호를 바라보다 고개를 저었다.

"됐습니다."

"그럼 말고."

위연호는 실실 웃더니 초가지붕 위로 몸을 훌쩍 날렸다. 진소아는 놀란 눈으로 그런 위연호를 바라보았다.

'무림인이었나?'

지붕 위로 한달음에 뛰어 올라가는 사람이라면 무공을

익혔다고 봐야 했다.

'그래봤자…….'

아무리 무림인이라 하더라도 저렇게 게으른 사람이 딱히 남들보다 뛰어난 능력을 지녔을 리 없다. 보나마나 어디서 주워 배운 정도일 것이다.

"쯧쯧."

진소아는 혀를 차고는 몸을 돌렸다.

진소아가 혀를 차든 말든 위연호는 초가지붕 위에 드러누운 채 하품을 했다.

"쩝."

몽련공을 배운 이후로는 아무리 자도 계속 잠이 왔다. 백무한이 위연호의 게으름을 걱정해 익히게 한 몽련공이건만, 오히려 몽련공 덕분에 위연호의 게으름이 더욱 심해진 것이다.

백무한도 생각 못한 부작용이었다.

"자도, 자도 계속 잠이 오니……."

과거에도 하루에 여덟 시진을 자도 모자란 위연호였지만, 몽련공을 익힌 뒤로는 그 스스로도 과하다고 생각할 만큼 잠이 많이 왔다. 아무리 자도 꿈속에서 수련을 해야 하니, 피로가 풀리지 않아 더욱 잠을 많이 자게 되는 것이다.

"모르겠다. 그럼 더 자면 되지."

속 편하게 생각해 버리는 위연호였다.

고민한다고 해서 딱히 해결 방안이 나오지 않을 거라면 마음이라도 편히 먹는 게 나았다.

위연호는 고개를 슬쩍 돌려 아래를 바라보았다.

진소아가 방들을 돌아다니며 환자를 살펴보고 있었다.

위연호가 그동안 본 의원의 하루 일과는 무척 간단했다.

찾아오는 환자의 병세를 봐주거나 상태가 위중하여 의원에 머물며 치료를 받는 환자들을 돌본다.

"딱히 어려울 것 없는 일이긴 한데……."

의술을 아는 것이 힘든 일이지, 의술을 베푸는 것은 힘든 일이 아닌 것 같아 보였다. 환자의 상세를 살피고, 침을 놓고, 약을 달이는 일 정도가 하는 일의 전부였다.

진짜로 어려운 것은 환자를 보는 일이 아니었다.

"이제 다 나았으니 집에 가셔도 됩니다."

"아이고, 의원님. 감사합니다. 그런데 제가 지금 드릴 것이 없는데……."

"나중에 사정이 나아지시면, 그때 도움을 주십시오."

"의원님, 이 은혜를 어떻게 갚아야 할지……."

위연호는 혀를 찼다.

침을 놓는 데는 돈이 들지 않지만, 약을 쓰는 일에는 많은 돈이 들었다. 약재란 구하기가 어려운 만큼 비싸기 마련이고, 비싼 약재를 사용해 달이는 약이 쌀 리가 없었다.

그런 약재를 퍼부어 사람을 치료해 놓고 돈을 받지 않으니, 의원 살림이 남아날 리가 없었다.

제대로 받지 않으니 항상 돈이 부족했고, 덕분에 정말 비싼 약재나 돈이 많이 드는 시술은 꿈도 꿀 수 없었다.

그러다 보니 돈이 있는 사람들은 다른 의원을 찾아가고, 돈이 없는 사람만 성수장을 입소문으로 알고 찾아왔다. 결국 돈이 없는 사람들만 우글우글 몰려들다 보니 의원을 운영하면 운영할수록 돈이 더 부족해지는 악순환이었다.

위연호가 처음에 성수장을 쉽게 찾아오지 못한 것도 그러한 이유에서였다. 얼마나 공짜로 치료를 해 댔는지 이곳은 사람들 사이에서 성수장이 아닌 무료의방(無料醫方)이라고 불리고 있었다.

위연호가 공짜로 치료해 주는 곳이 어디냐고 물었으면 여러 사람 거칠 것도 없이 쉽게 찾아올 수도 있었을 것이다.

'땅 파서 장사하는군.'

다른 이들이라면 의원의 마음씨에 감동을 받을지 모르겠지만, 위연호는 되레 이들을 한심하게 여겼다.

그때였다.

"계시오!"

일련의 무리들이 우르르 의원 안으로 들어왔다.

진소아는 몰려오는 무리들을 보고 놀라 소리쳤다.

"무슨 일이오!"

일련의 무리 뒤로 들것에 실린 환자 십여 명이 날라져 들어왔다. 사색이 된 진소아가 상황을 물었다.

"어찌 된 일입니까?"

"채석장에서 일을 하던 인부들입니다! 낙석이 일어나 크게 다쳤습니다! 숨이 붙어 있는 이들만 일단 데려왔습니다."

"이, 이런……."

한눈에도 당장 숨이 넘어갈 것같이 위중해 보이는 환자가 수명은 되었다.

"누님! 어서 나와보십시오!"

문이 벌컥 열리며 진예란이 뛰어나왔다.

주위를 둘러보고 순식간에 상황을 파악한 진예란이 소리쳤다.

"환자를 분류해라! 위급한 환자는 지금 당장 내방으로 보내고, 위급하지 않은 환자들은 외방으로 보낸다. 어서!"

"예! 누님!"

진소아가 소리쳤다.

"이 환자와 저 환자, 그리고 저쪽 환자를 외방으로 보내시고, 뜨거운 물을 준비하십시오."

"예! 의원님!"

"그리고 남은 환자들은……."

진예란이 소리쳤다.

"내려놓으세요!"

"예?"

"안으로 들어갈 시간이 없습니다. 지금 당장 그 사람들을 바닥에 내려놓으세요!"

진예란의 위엄이 담긴 목소리에 환자를 들것에 실어 들고 있던 이들이 서둘러 환자들을 바닥에 내려놓았다. 진예란은 즉시 환자들에게 달려들어 품 안에 있던 금침을 꺼냈다.

그러고는 옷 위로 금침을 찔러 넣기 시작했다.

"누님!"

"뭣하고 있느냐! 다른 환자들이 보이지 않느냐? 이들을 다 죽일 셈이냐?"

"아, 알겠습니다!"

진소아도 서둘러 피가 뿜어져 나오는 상처를 동여매고 환자들의 혈에 금침을 찔렀다.

'손이 부족해!'

진소아는 다급하게 손을 놀렸지만, 동시에 치료할 수 있는 환자의 수에는 한계가 있었다. 지금 당장 손을 쓰지 않으면 숨이 넘어갈 환자가 일곱은 되는데, 진소아와 진예란만으로 그들을 모두 처치한다는 것은 불가능했다.

'한 명이라도······.'

지금 성수장에서 제대로 된 시술이 가능한 자는 진소아와 진예란뿐이었다. 그나마 어느 정도 응급처치가 가능한 실력을 가진 총관은 약재를 구하러 갔고, 환자를 돌보는 의관들은 실력이 미천하여 도움이 되지 않았다.

"큭."

진소아는 몸을 떠는 환자의 가슴을 동여매며 욕지기를 내뱉었다.

가슴이 쩍 갈라져 지금 손을 떼면 환자의 숨이 넘어갈 상황이었다.

"쿨럭!"

그때, 바로 옆에 있던 환자가 토혈을 하기 시작했다.

"끄르륵!"

진소아의 얼굴이 시커멓게 죽었다. 토혈한 피가 기도를 막고 있었다. 당장 조치하지 않으면 기도가 막혀 죽을 것이다. 하지만 그는 도저히 손을 뗄 수가 없고, 진예란도 마찬가지의 상황으로 보였다.

'안 돼!'

그때, 그의 눈앞에 어떤 이의 다리가 보였다.

진소아는 반색하며 고개를 들었다. 위연호가 눈곱이 덕지덕지 낀 얼굴로 혀를 차고 있었다.

"쯧쯧, 심하게도 다쳤네."

위연호는 바닥에 누워 신음하는 환자들을 쭉 둘러본 뒤, 혀를 차며 고개를 절레절레 저었다.

"조심 좀 하지."

그러더니 혀를 차며 몸을 돌렸다.

진소아가 당황하여 소리쳤다.

"어디 가시는 겁니까?"

"응? 방에 가는데?"

"좀 도와주세요!"

위연호는 되레 뭔 소리를 하냐는 듯 고개를 갸웃거렸다.

"돕다니? 내가 무슨 의술에 도움이 된다고 도와? 나 말고 그냥 하인들보고 도와달라고 하는 게 백배는 더 낫지."

"무인은 상처를 입을 때에 대비해서 외상과 내상에 대한 응급처치를 어느 정도 배운다고 들었습니다!"

"그렇지."

"그러니까 이런 외상 환자의 응급처치 정도는 할 수 있을 것 아닙니까?"

위연호는 고개를 저었다.

"보통은 그래야 하는데, 나는 워낙 속성으로 대충 배운 몸이라 몰라."

진소아의 얼굴이 일그러졌다.

그러자 위연호가 억울하다는 듯 항변했다.

"진짜라니까!"

진짜긴 한데 해놓은 짓이 있으니 누가 위연호의 말을 믿겠는가. 억울해도 다 제가 저지른 업보였다.

　"진짠데……."

　진소아가 잔뜩 찡그린 얼굴로 위연호를 노려보았다.

　"아, 진짜야. 그런 눈으로 보지 마. 진짜 귀찮아서 안 하는 거 아냐."

　"무인들이 의원도 고치지 못하는 병을 고쳤다는 이야기도 들은 적이 있소!"

　"그거 다 뻥이야."

　"……예?"

　"그럴 것 같으면 의원들도 무공 배우지, 미쳤다고 효력도 얼마 없는 의술을 배우겠냐? 무인들이 병 고칠 수 있을 것 같으면 목숨 걸고 칼 들고 싸워서 돈 벌겠어? 돈도 잘 벌고 쉽고 편하게 사는 의원질하지."

　"……."

　"뭐, 어디서 이상한 소문이라도 주워들은 모양인데, 그런 거 다 뻥이야. 원래 칼 쓴다는 놈들이 입은 허풍이고 목에는 석회 발라놔서 씨알도 안 먹힐 헛소리를 주절거린다니까?"

　진소아는 청산유수처럼 흘러나오는 위연호의 항변을 멍하니 듣다가 다급하게 말했다.

　"그…… 저…… 다 좋으니까 어쨌든 좀 도와주세요!"

"뭘 어떻게 도와? 난 진짜 아무것도 모른다니까?"

"혈도는 아시지요?"

"그건 알지."

"그럼 이 옆의 환자 혈도 좀 점해주세요. 빨리요!"

거의 피거품을 물고 외치다시피 하는 진소아의 모습에 위연호는 입맛을 다시며 토혈하는 환자의 앞에 쪼그려 앉았다.

"뭘 어떻게?

"천돌혈(天突穴)을 반 푼으로 점해주시고, 중부혈(中府穴)을 한 푼의 힘으로 점해주세요."

위연호는 환자를 보고 떨떠름한 얼굴로 손을 들었다.

"그러니까…… 천돌혈이 반 푼이고, 중부혈이 한 푼……."

위연호는 환자를 두어 번 누르고는 살짝 하얘진 얼굴로 진소아를 바라보았다.

"야, 지금 이 사람 이상한데?"

환자의 상처를 누르고 있던 진소아가 고개를 돌렸다. 환자의 얼굴이 새파랗게 질리고 있었다. 이제는 입에서 피거품까지 올라오고 있지 않은가.

"천돌혈을 반 푼으로, 중부혈을 한 푼으로 점한 거 맞습니까?"

"그러니까 천돌혈이 여기고, 중부혈이 여기잖아."

위연호가 가리킨 곳을 확인한 진소아는 마구 고함을 질렀다.

"거기가 중부혈입니까! 이 개똥만도 못한 인간아!"

"말이 심한데……."

"무인이란 작자가 중부혈이 어딘지도 몰라!"

위연호는 상처 입은 얼굴로 주춤 물러섰다.

"아니, 내가 정식으로 배운 게 아니라 대충 맞아가며 배우다 보니 좀 실수할 수도 있지."

"환자 죽는 거 안 보여?"

위연호는 풀이 죽었다.

"미안."

"다시! 거기 아래가 중부혈이니, 다시 점하시오!"

"안 할래."

"예?"

위연호는 상처 입은 고사리가 되어 축 늘어져 있었다.

"하기 싫다는데 자꾸 시켜서 했더니, 제대로 못했다고 욕 퍼먹는데 뭐하러 해. 그냥 안 할래."

진소아는 다급해졌다.

"이제 욕 안 할 테니 그냥 좀 해주시오."

"됐어. 어차피 또 제대로 못하면 개똥만도 못한 인간 될 텐데, 뭐. 그러니까 내가 그냥 간다고 했는데 왜 굳이 간다는 사람 붙들고 시켜?"

진소아는 고개고래 고함을 질렀다.

"알았으니까! 일단 저 환자부터 좀 점혈하란 말입니다! 지금 사람이 죽잖아요! 사람이!"

"잘못 건드려서 내가 죽이는 거보다야 낫겠지."

진소아는 우수로 품 안에 있는 금침을 움켜잡았다.

이걸 던지면 저 얄미운 인간의 몸에 박힐까?

그때, 진예란이 진소아를 도왔다.

"동생이 버릇없게 말한 것은 대신 사과드리겠습니다. 지금은 환자의 목숨이 경각에 달한 상황이니, 부디 나중에 탓하시고 도움을 주시면 감사하겠습니다."

위연호는 떨떠름한 얼굴로 고개를 끄덕였다.

"뭐, 내가 마음이 넓으니 그냥 도와줄게요. 근데 애가 버릇이 좀 없는 것 같아요."

진소아는 마음 같아서는 환자가 죽든 말든 일단 위연호에게 달려들어 드잡이질을 하고 싶었지만, 초인적인 인내력으로 분노를 억눌렀다.

위연호는 환자에게 다가가 다시 천돌혈과 중부혈을 점했다. 피거품을 물던 환자의 안색이 진정되며 얕은 숨소리가 들려왔다.

"숨이 쉬어지는 것 같은데?"

"길이 넓어진 것뿐입니다. 환자의 명치 아래를 압박해서 피가래를 뿜게 해야 합니다!"

위연호는 환자의 명치를 눌렀다.

"안 나오는데?"

"좀 더 강하게!"

"여기서 더 누르면 이 사람 내장 터질걸?"

"그럼 다른 방법으로 뽑아내야 합니다! 곧 다시 막힙니다. 뽑아내지 않으면 그 사람 죽어요!"

"어떻게 하면 돼?"

"입으로 흡입해서 뽑아내세요."

"응?"

위연호가 말똥말똥한 눈으로 진소아를 바라보았다.

"환자의 입에 입을 대고 빨아 당겨서 뽑아내란 말입니다."

"음, 그러니까……."

위연호가 환자를 슬쩍 바라보고는 환하게 웃으면서 말했다.

"내가 지금 이 아저씨랑 입을 맞춰서 안에 막혀 있는 피가래를 뽑아내야 한다는 거야?"

"그렇습니다."

"다른 방법은 없을까?"

"없습니다! 빨리하세요! 아니면 그 환자 죽습니다!"

"이 환자 죽는 것도 문젠데, 하나뿐인 내 마음이 죽어버리는 것도 큰 문제라서 말이야……."

"뭔 소리를 하는 겁니까!"

위연호는 단호하게 고개를 저었다.

"못해. 난 못해! 젠장, 나 처음이란 말이야!"

"뭐가 처음이야, 이 인간아!"

진소아는 열이 올라 숨이 넘어갈 지경이었다.

"목에 막힌 걸 끄집어내면 된다는 거야?"

"그렇습니다! 급합니다!"

"그럼 진작 그렇게 말하면 되잖아. 왜 쓸데없이 혈도를 점하라고 해서 사람 욕이나 퍼먹여?"

"네?"

위연호는 못마땅하다는 듯 연신 궁시렁거리며 환자의 입에 손을 가져다 댔다.

손바닥을 펴 환자의 입에 가져다 댄 위연호가 손을 들어 올리자 환자의 입에서 검붉은 핏덩이가 허공으로 쭉 솟구쳤다.

"허억?"

진소아가 대경하여 물었다.

"뭘 어떻게 한 겁니까?"

"빨아 당겼지."

"예? 손으로 말입니까?"

"흡인지기라는 게 있어. 뭐, 여하튼 이제 됐지?"

"그럼 그 환자는 놔두시고 그 옆에 있는 환자를 부탁합니다. 그 환자도 똑같이 목에 찬 피가래를 뽑아내 주세요."

위연호는 궁시렁거리면서도 진소아가 말하는 대로 순순히 환자들을 치료했다.

가래를 뽑아내고 나자 진소아가 품 안에 든 금침을 던졌다.

금침을 받아 든 위연호가 눈살을 찌푸리며 진소아를 향해 물었다.

"이건 또 왜?"

"앞에 있는 환자의 기해혈과 거궐혈을 반 치 깊이로 점해주세요."

"그냥 아까처럼 하면 안 돼?"

"그때는 그냥 눌러주면 되는 일이었지만, 이번에는 최소한 한 시진은 찔러놓아야 합니다! 침이 없이는 시술을 할수가 없습니다."

위연호는 고개를 저었다.

"난 이거 쓸 줄 몰라. 그리고 이런 얇은 침으로 시침해야 할 정도라면 내가 하는 건 의미가 없어. 조금만 방향이 빗나가도 의미 없어질 것 아냐."

진소아는 위연호의 말이 맞다고 생각했다. 워낙 다급하여 위연호의 손까지 빌리기는 했지만, 시침이라는 것은 배움이 없다면 되레 화가 되기 마련이었다.

침을 어떻게 놓느냐에 따라 생혈(生穴)이 사혈(四穴)이

되기도 하는 것이 바로 시침인 것이다.

'어떻게 하지?'

시침은 직접 하고 싶었지만, 이대로 진예란과 진소아만이 시침을 한다면 시기를 놓쳐 죽는 이가 나올 것이다.

"반 치 깊이로 거궐혈과 기해혈을 점해야 한다고? 한 시진 동안?"

"예!"

"침 없이 하면 되겠네?"

"네?"

위연호가 환자의 기해혈과 거궐혈에 손가락을 댔다가 뗐다.

"됐어."

"무슨?"

"한 시진 동안은 점해져 있을 거야."

"대체 무슨 소리를!"

막 화를 내려던 진소아가 입을 닫았다. 생각해 보니 위연호는 무인이다. 그들과는 다른 방식이 있을지도 모른다. 방금 전에도 손으로 피가래를 뿜어내지 않았던가.

"여기 와서 이 환자 가슴 좀 누르고 계세요!"

"그래, 부려 먹어라. 마음껏 부려 먹고 제자리에만 가져다 놔라."

위연호가 환자를 잡고 있는 동안 진소아는 재빨리 위연

호가 치료한 환자에게 달려가 진맥을 했다.

'침이 없는데도 혈이 점해져 있다!'

어찌 된 영문이지 알 수는 없지만, 효과가 있다는 것을 확인한 이상 써먹지 않을 수 없었다.

"그 환자는 이제 내버려 두고 저기 저 환자의 경문혈, 천주혈, 위중혈을 각각 한 치, 반 치, 한 치 깊이로 점해주세요!"

위연호의 얼굴에 짜증이 몰려왔다.

"또? 또 해야 해? 나 이제 힘들고 지쳤는데?"

'니가 뭘 했다고 힘들고 지쳐!'

결코 입 밖으로는 낼 수 없는 말이었다.

"부탁드립니다! 환자를 살리기 위해섭니다!"

"에잉."

위연호는 궁시렁대면서도 진소아의 명을 따라 환자들을 치료했다.

그렇게 반 시진쯤 정신없이 뛰어다니고 나자 환자들의 상세가 차츰 안정되기 시작했다.

진소아는 얼굴에 흐른 땀을 닦으며 바닥에서 일어났다.

치료가 대충 끝난 환자들은 하인들이 방으로 옮겨 갔기에 마당에는 그와 진예란, 위연호만이 남아 있었다.

진소아는 위연호를 슬쩍 바라보았다.

얼굴에 심통과 짜증이 덕지덕지 붙은 위연호가 바닥에

드러누워 눈을 감고 있었다. 그는 얼굴과 몸으로 '난 지금 매우 피곤하고 힘드니까 어떤 일을 시켜도 결코 움직이지 않겠다.' 라는 뜻을 전달하는 신기를 보이고 있었다.

"수고하셨습니다."

"카악! 퉤! 신나게 부려 먹고 수고했다고 하면 끝인가?"

진예란이 위연호에게 고개를 숙였다.

"위 공자 덕분에 환자들의 목숨을 구할 수 있었어요. 도움에 감사드립니다."

"……크흠."

위연호는 여전히 불만투성이인 얼굴이지만, 진소아에게와는 달리 진예란에게 대놓고 따져 묻지 않았다. 하기야 누구라도 지금 진예란의 꼴을 본다면 따져 물을 수가 없을 것이다.

진예란의 얼굴은 땀과 흙먼지로 범벅이 되어 있었고, 하얀 백의는 환자의 피로 시뻘겋게 물이 들어 있었다. 머리카락 역시 피와 먼지로 꼴이 형편없었다.

이제 겨우 약관이나 됐을까 싶은 여자아이가 피를 철철 흘리는 환자를 붙들고 침을 놓는 모습을 본다면 누구라도 그녀를 나무랄 수는 없을 것이다.

"목욕물을 준비시킬 테니, 가서 씻으시길 바랍니다."

"난 괜찮은……."

위연호는 고개를 숙여 자신의 의복을 보고는 말을 끊었

다. 피고름이 덕지덕지 묻은 옷을 입고 다닐 수는 없었다. 아무리 위연호라고 해도 자신의 땀과 남의 피는 구분할 줄 알았다.

"씻을게요. 그런데 나보다 그쪽이 더 급해 보이는데……."

진예란은 고개를 저었다.

"저는 환자를 더 돌봐야 합니다."

"그런 꼴로 환자를 보면……."

"의복은 갈아입으면 그만이지요. 이 이상은 위 공자의 손이 필요치 않아요. 지금까지 해주신 것만으로도 정말 감사합니다. 이제 그만 씻고 쉬세요."

"예."

진예란은 고개를 끄덕이고는 몸을 돌렸다.

살짝 휘청이는 듯하던 진예란의 모습을 보고 위연호가 자신도 모르게 손을 뻗었다.

"괜찮아요?"

"괜찮습니다. 소아야, 준비하거라."

"예, 누님."

진소아와 진예란은 빠른 걸음으로 환자들이 있는 의방으로 향했다.

위연호는 그 모습을 멍하니 보다가 한숨을 쉬었다.

"쉬운 게 아니구나."

어떠한 직업이든, 어떠한 삶이든 여러 면이 있기 마련인데, 얼마 되지 않는 짧은 시간을 본 후 의원이 편한 삶을 산다고 생각해 버린 자신이 우스웠다.

위연호는 방으로 향한 두 사람의 뒷모습을 빤히 바라보다 욕실을 향해 걸어갔다.

20장
정검주유(正劍周遊)

한 번에 십여 명이 넘는 중환자를 받은 덕분에 성수장의 식솔들은 눈코 뜰 새 없이 바쁜 시간을 보내야 했다. 하인 하나마저 잠잘 시간을 줄여가며 환자들을 돌보았다.

그러나 그런 바쁜 흐름을 홀로 고고히 벗어나 유유자적 하는 이 가 있었으니, 물론 위연호였다.

"하아아아암!"

그날 이후로는 진소아도, 진예란도 위연호에게 뭔가를 시키지 않았다. 아니, 정확하게 말하자면, 그날 이후로는 위연호가 할 일이 없었다.

남아 있는 환자들의 상세를 살피고 그에 따른 처방을 내리는 것은 위연호가 할 수 있는 일이 아니었다.

손이 꼼꼼하지 못한 위연호는 붕대 하나도 제대로 감지 못할 터였고, 남들이 일각만에 끝낼 일을 시켜놓으면 네다섯 시진이 걸릴 것이 뻔했다.

모두가 이제는 그걸 알기에 아무도 위연호에게 무언가를 시킬 생각을 하지 못했다.

덕분에 위연호는 닷새가 넘도록 방치되어 있었다.

그나마 밥때가 되면 밥을 챙겨 준다는 것이 다행일 정도로 위연호는 철저한 무관심 아래 살고 있었다.

다른 이였다면 손님으로 찾아온 이에게 이런 무관심을 보이는 데에 불만을 가질지도 모르겠지만, 위연호는 전혀 그런 것이 없었다. 오히려 아무도 찾지 않는 이 상황이 좋기만 했다.

진소아도 바쁘다 보니 식사를 나르면서도 예전처럼 잔소리를 하지 않았고, 덕분에 위연호는 더 이상 바랄 것 없이 방바닥을 뒹굴며 살 수 있었다.

하지만 그렇다고 해서 위연호가 아무것도 하지 않는 것은 아니었다.

위연호는 바닥을 굴러다니면서도 의원이 돌아가는 것을 손바닥을 들여다보듯 훤히 알고 있었다. 가만히 누워만 있어도 알아서 들려오는 소리를 막을 수는 없는 노릇이었다.

"누님 접골산(接骨散)이 부족합니다."

“약방에 가서 접골산을 내달라고 하거라. 약재로 만들어
낼 시간이 없다.”

“하나 접골산을 직접 구매하게 되면 가격이 만만치 않습
니다.”

“사람을 살리는 데 가격이 문제더냐!”

“하나 이번 환자들이 온 이후로 쓴 돈이 벌써 은자 열 냥
이 넘어갑니다. 채석장 인부들이라 돈을 받을 길도 없는데,
이렇게 계속 돈을 들이다가는······.”

“네 녀석이 지금 뭔 소리를 하고 있는 것이냐! 사사로운
돈 같은 문제는 네가 신경 쓸 일이 아니다! 너는 환자를 치
료하고 의술을 높이는 데만 신경 쓰라고 내 누누이 이르지
않았더냐!”

“하나······.”

“가서 접골산을 사 오거라. 은자는 내가 내주겠다.”

“······예.”

위연호는 혀를 찼다.

‘은자 열 냥?’

위연호는 진소아의 말이 틀렸다는 것을 알고 있었다. 열
냥은 그저 환자를 치료하는 데 든 약값만을 따진 것이고,
그사이 들어간 다른 부대 비용 등과 원래 받아야 할 진료비
를 포함한다면 그 동안 못해도 은자 스무 냥은 손쉽게 날아
갔을 것이다.

위연호가 은자 서른 냥을 진예란에게 준 지가 얼마 되지도 않았건만, 이제 겨우 열 냥이 남은 것이다.

진소아와 진예란이 무료 봉사나 다름없는 짓을 하고 있으니, 인건비가 빠지는 것을 감안하면 실제로는 그보다 많은 돈이 남아 있을 테지만, 그 돈이 날아가고 겨우 찾아온 백은옥 목걸이가 다시 전당으로 갈 날도 얼마 남지 않았을 게 빤했다.

"쯧."

위연호는 눈을 감고 잠을 청했다.

이곳에서 느끼는 것은 많지만, 그만큼 불편한 심정을 감수해야 했다.

다른 이를 위해 살아가는 것은 대단했다.

하지만 그 대단함이 위연호를 불편하게 만들고 있었다.

*　　*　　*

한림대장원.

위연호가 떠난 후, 겨우겨우 평온을 찾은 문은지는 뜻밖의 방문자를 맞았다.

진중한 분위기의 청년과 오만상을 찌푸리고 있는 거지.

참 어울리지 않는 조합이었다.

"누구를 찾아오셨다고요?"

진중한 분위기의 청년이 굳은 얼굴로 입을 열었다.

"혹시 이곳에 위연호라는 녀석이 있지 않습니까?"

문은지는 고개를 갸웃했다.

"위연호 공자요? 있었죠."

"그럼 지금은?"

"지금은 없구요. 떠나신 지 시일이 좀 되었어요."

청년의 얼굴에 허탈함이 어렸다.

"그렇습니까? 그럼 어디로 갔는지 혹시 알고 계십니까?"

"네. 호북의 성수장으로 가셨어요."

"확실합니까?"

"제가 표행을 불러 동행시켜 드렸으니, 확실하게 기억하고 있어요. 위연호 공자는 호북으로 가셨어요. 쾌룡표국의 표행과 함께요."

청년은 고개를 끄덕였다.

"감사합니다. 그럼."

청년이 몸을 돌렸다.

그러자 거지가 눈이 똥그래져 물었다.

"어딜 가?"

청년은 대수롭지 않다는 듯 대답했다.

"호북으로 간다."

거지는 악을 쓰며 자리에 주저앉았다.

"못 가! 안 가! 차라리 나를 죽여라, 이놈아! 개봉에서 여기까지 물도 못 먹고 뛰어왔다! 그런데 이제 이 밤에 호북으로 바로 간다고? 죽여! 죽여! 차라리 나를 죽여라!"

청년은 냉막한 얼굴로 말했다.

"일어나."

"아이고! 세상 사람들! 이 피도 눈물도 없는 놈 좀 보소! 피죽도 못 먹은 거지새끼 끌고 다니면서 고생시키는 놈이 세상에 어디 있냐!"

문은지는 한숨을 쉬었다.

"쉬었다 가도록 하세요."

냉막한 청년은 고개를 저었다.

"아닙니다. 폐를 끼칠 수는 없습니다."

"이 밤에 찾아오신 손님을 그냥 보낸다면 세상이 욕할 것입니다. 식사와 목욕물을 준비할 테니, 쉬었다 가도록 하세요."

청년의 얼굴에 고민이 어렸다.

"난 죽어도 못 간다. 발에 불이 난다, 불이 나!"

청년은 눈살을 찌푸렸다.

호북으로 가는 것까지야 어렵지 않다 쳐도 홀로 성수장이라는 곳을 찾아가려 하면 모르긴 해도 시일이 꽤나 소요될 것이다. 빠른 시간 안에 찾아가기 위해서는 이 거지의 도움이 필수적이었다.

'어쩔 수 없군.'

급한 마음에 서두르기는 했지만, 확실히 그동안 너무 급박하게 서둘렀다. 거지야 거지니까 괜찮다지만, 지금 그의 꼴도 지저분하기 짝이 없었다.

　"그럼 폐를 끼치겠습니다."

　"그런데 하나 물어도 될까요?"

　"말씀하십시오."

　"위연호 공자와는 관계가 어떻게 되시지요?"

　청년은 가볍게 웃으며 대답했다.

　"제가 그 녀석의 형 되는 사람입니다. 위산호라고 하지요."

　위산호는 문은지가 준비해 준 방에 들어 목욕을 마쳤다.

　물기를 닦아내며 하의를 갖춰 입고 밖으로 나오자 뽀송뽀송하게 변한 장일이 투덜댔다.

　"개방 소거지가 이 꼴이라니, 왕거지가 보시면 거품 무시겠군."

　위산호는 웃어버렸다.

　문은지가 방을 준비해 주긴 했지만, 거지꼴을 한 놈을 데리고 들어갈 수는 없는 노릇이었다. 덕분에 장일은 몇 년 동안 애지중지해 온 누더기를 문밖에 고이고이 모셔두고 철든 이후로 처음으로 따뜻한 물에 몸을 담가야 했다.

　목욕물이 시커멓게 변한 덕분에 목욕물을 새로 준비해야

하는 번거로움이 있었지만, 덕분에 방 안은 거지가 들어온 것 같지 않게 청결함을 유지할 수 있었다.

투덜거리던 장일은 위산호를 보고 휘파람을 불었다.

"휘유~ 장난 아닌데?"

근육으로 다져진 위산호의 탄탄한 상체는 누가 보아도 경탄이 절로 날 정도였다.

크고 작은 흉터가 남아 있는 것이 약간의 흠이지만, 어찌 보면 위산호의 남성미를 강조시켜 주었기에 보기 흉하지는 않았다.

"역시나 척마검이군. 어릴 때부터 수많은 실전을 겪지 않고서야 그런 무위가 나올 수가 없지. 그런데……."

장일은 위산호의 가슴 한중간에 길게 사선으로 베인 상처를 바라보았다.

무척이나 오래된 것 같아 보이지만, 한눈에 보기에도 무척 위중했을 것 같아 보이는 상처였다.

"그건 무미유마(無尾幽魔)를 잡을 때 생긴 상처인가? 죽을 뻔했다고 하던데?"

위산호는 슬쩍 고개를 내려 자신의 상처를 바라보았다. 손가락으로 왼쪽 가슴부터 오른쪽 옆구리까지 베어진 긴 상처를 더듬었다.

"무미유마?"

"그래. 그때 죽을 뻔했다던데."

"이 상처를 입었을 때에 비한다면 그때 입은 상처는 그냥 찰과상이지."

위산호는 씁쓸하게 웃었다.

"그럼 그 상처는 대체 누가 입힌 거지? 천하의 척마검을 저승 문턱까지 끌고 간 마두가 있었단 말이야?"

"마두라……."

위산호는 허공을 바라보았다.

"형! 정신 차려! 형!"

위산호는 가만히 허공을 바라보다 입을 열었다.

"검이 얼마나 무서운 건지 몰랐던 내 치기가 만들어낸 상처지."

"응?"

"덕분에 나는 죽을 뻔했고, 녀석을 망칠 뻔했다."

"뭔 소리야?"

위산호는 장일의 말을 듣는 둥 마는 둥 독백했다.

"그걸로도 충분했는데, 또 실수를 했지."

장일은 영문을 모르겠다는 얼굴로 위산호를 바라보았다. 딴지를 걸고 싶었지만, 위산호의 분위기가 너무 무거워서 아무 말을 할 수 없었다.

"녀석."

장일은 침상에 벌렁 드러누웠다.

"에라, 모르겠다. 여하튼 나는 배고프다. 뭐라도 집어넣지 않으면 뱃속에 있는 아귀들이 나를 뜯어 먹을 거야."

"구걸이라도 할 셈인가?"

"구걸은 무슨. 이 꼴로 구걸 나갔다가는 맞아 죽는다! 사지 멀쩡한 놈이 구걸 나온다고!"

똑똑.

"들어가도 될까요?"

"예, 들어오십시오."

위산호는 서둘러 상의를 걸쳤다.

문이 열리고 문은지가 상을 든 하인들과 함께 방 안으로 들어왔다. 상 위에는 여러 가지 음식들이 차려져 있었다.

"시장하실까 봐 식사를 준비했어요."

장일은 미처 바닥에 닿기도 전에 몸을 날려 상으로 달려들었다.

"우와아아! 소저, 고맙소! 내 이 은혜는 죽어도 잊지 않겠소이다."

위산호는 음식을 벌써 입으로 욱여넣고 있는 장일의 추태에 눈살을 찌푸리고는 문은지를 향해 깊게 읍을 했다.

"호의에 감사드립니다."

문은지는 손사래를 쳤다.

"아니에요. 따지고 보면 저희가 동생분께 큰 은혜를 입었으니, 이런 것은 아무것도 아니에요."

"은혜라고 하셨습니까?"

문은지는 곤란하다는 듯 말을 아꼈다.

"자세한 것은 말씀드릴 수가 없어요. 외부에 알릴 만한 일은 아니거든요. 그러니까 그냥 그렇다고만 알아두세요."

"그러겠습니다."

문은지는 위산호를 보며 고개를 갸웃했다.

위연호와 위산호는 닮은 구석이 별로 없었다. 위산호가 게으르고 말이 많은 데 비해서 위산호는 진중하고 입이 무거웠다.

성격이야 그렇다 치고, 외모도 둘은 별로 닮은 구석이 없었다. 위산호는 객관적으로 보기에도 미남이었다. 누가 보아도 선 굵은 외모였다.

반면에 위연호는 역시 나름 미남이라고 할 수 있는 얼굴이지만, 위산호에 비해서는 영 아닌 얼굴이었다. 위산호처럼 선 굵지 않은, 전체적으로 여린 인상이었다.

'형제라고 해서 꼭 다 닮아야 하는 것은 아니니까.'

따져 보면 형제라고 해도 닮은 구석이 없는 이들이야 많았다. 딱히 이상하게 여길 정도는 아닌 것이다.

"여하튼 오늘은 푹 쉬고 가세요. 내일 표행을 불러다 드릴게요."

"표행이라고 하셨습니까?"

"네. 그분이 표행과 동행하셨거든요."

"그놈 성격에 쟁자수나 표사로 가지는 않았을 테니, 인 표행이라도 있던 모양이군요."

문은지는 풋, 웃었다.

"아뇨. 그냥 표행을 따라가셨어요. 표물로요."

"표물?"

이해할 수 없는 말에 위산호가 고개를 갸웃거렸지만, 문은지는 굳이 그의 궁금증을 해소해 주려 노력하지 않았다. 어차피 위연호는 말로 설명하기 힘든 사람이다. 위산호도 그것을 아는지 굳이 따져 묻지 않았다.

"그리고 혹시 그분을 만나게 되면……."

"네."

위산호는 차분히 뒤에 나올 말을 기다렸다.

"아버님이 한 번 뵙고 싶어 한다고 전해 주세요."

"그러도록 하겠습니다."

"그럼."

문은지는 방을 나섰고, 위산호는 가만히 그녀가 나간 방문을 바라보다 밥상 앞에 앉았다.

이미 반쯤 초토화되어 있는 밥상을 바라보며 위산호는 한숨을 내쉬었다. 건너편에 앉은 거지 놈은 빵빵하게 부풀어 오른 배를 두드리고 있었다.

"왜 안 먹어?"

"먹는다."

잠깐 대화를 나누었을 뿐인데 그사이에 식사를 마치려면 대체 얼마나 허겁지겁 쑤셔 박았다는 건가.

그러니 거지겠지만.

"자네는 음식을 먹는 건가, 아니면 마시는 건가?"

"헤헹! 거지새끼가 느긋하게 밥 퍼먹고 있다 보면 쪽박 깨기 딱 좋지."

위산호는 쓴웃음을 지었다.

개방은 무파이되 거지들의 방파이다. 그들 역시 자금이 필요하다 보니 일반적인 무파들처럼 나름의 사업장을 유지하고 독자적인 정보망을 통하여 정보 장사를 하고 있다.

하지만 십만 개방이라 칭해질 정도로 수많은 거지들을 문도로 받아들이고 있다 보니 언제나 돈이 부족했다.

장일쯤 되면 개방에서도 나름 주요 인사일 텐데도 보이는 모습은 영락없이 며칠 굶은 동네 거지에 불과했다.

'나쁘지 않지.'

거지들이 체면을 차리기 시작한다면 수뇌부들은 남부럽지 않게 살 수 있을지 모르겠지만, 그만큼 개방 거지들의 절대 다수인 무결개(無結丐)들이 굶주리게 될 것이다.

그러니 지금 장일의 모습은 칭찬할 일이지, 체통이 없다고 나무랄 일은 아니었다.

"그건 그렇고, 너…… 집에는 연락했냐?"

"집?"

"광동위가 말이다."

위산호는 고개를 저었다.

"아니, 아직."

"쯧쯧, 위연호가 집으로 서찰을 보냈으니 지금쯤 집에도 난리가 났을 텐데, 너라는 놈은 왜 그렇게 무심하냐?"

"그럼 이쪽으로 오고 계실 수도 있겠군."

위산호는 대수롭지 않다는 듯 음식을 먹었다. 그런 위산호의 모습을 보며 장일은 답답하다는 듯 가슴을 쳤다.

동생 일에는 눈이 뒤집혀서 날뛰던 사람이 막상 가족에게는 별 신경을 쓰지 않는다는 게 답답하기도 하고, 어이없기도 했다.

"너는 놀랐을 가족들이 걱정도 안 되냐?"

"연호를 하루라도 빨리 찾아오는 걸 더 바라실 분들이다. 당신들도 지금 연호를 찾느라 정신이 없으시겠지."

"그런가?"

부모님이 위연호를 찾아서 천하를 누비고 있다는 것을 잘 아는 위산호로서는 하루라도 빨리 위연호를 찾는 것이 우선이었다. 그래야 부모님의 마음도 편해질 것이다.

위산호는 식사를 마치고 자리에 누웠다.

옆 침상에 누운 장일인 넌지시 물어왔다.

"만나면 뭘 할 거냐?"

"뭘 하다니?"

"뭐, 오랜만에 봤으니 안아준다든가…… 그런 거 있잖아."

위산호는 잠시 생각하는 듯하더니 입을 열었다.

"때려야지."

"응?"

"한 대 때리지 않고는 분이 안 풀릴 것 같으니까."

"큭큭큭, 형제 싸움에 난리 나겠군. 그런데 때릴 수 있을까 모르겠다."

"무슨 소리지?"

"내가 이야기 안 했나? 니 동생 엄청 세."

위산호는 미소를 지었다.

"그래, 그러니 더 때려줘야지."

위산호의 눈에 벌써부터 퉁명스레 말대꾸하는 위연호의 모습이 보이는 듯했다.

*　　*　　*

내원한 환자들이 어느 정도 안정세에 접어들자 진소아는 겨우 다른 생각을 할 짬을 얻게 되었다.

진소아는 늦은 밤이 되어 환자들이 잠이 든 것을 확인하고는 밖으로 나왔다. 그동안 바삐 일하느라 피곤한 탓인지

일꾼들도 잘 보이지 않았다. 고민하는 듯 서성이던 진소아는 이내 결심을 굳힌 듯 위연호가 누워 있는 방의 문을 두드렸다.

"주무십니까?"

진소아는 대답도 듣지 않고 문을 열고 안으로 들어갔다.

방 안으로 들어가자 여전히 바닥에 죽은 듯 누워 있는 위연호가 보였다.

밥 먹은 지 얼마나 되었다고 배까지 까고 누워서 자는 꼴이, 정말 세상만사 걱정 하나 없어 보이는 모습이었다.

"주무십니까?"

"응."

"……."

진소아는 머리끝까지 치솟는 혈압을 심호흡으로 다스렸다. 이 사람이 하는 꼴을 진지하게 받아들이다가는 의원이 아니라 환자가 될 것이 빤했다.

"주무시는군요."

"그렇다니까."

진소아는 품에 손을 넣어 잘 벼려진 금침(金針)을 꺼냈다.

'이걸로 찌르면 많이 아플까?'

신성한 금침을 흉기로 사용할 생각까지 하는 진소아였다. 돌아가신 선친이 알았다면 거품을 물고 쓰러질 일이었다.

"혹시 주무시지 않고 계신다면……."

"자고 있다니까?"

"안 주무시는 것 같은데……."

"그렇게 사람 말을 못 믿는 사람이 의원은 어떻게 하는지 몰라."

진소아는 금침을 잡은 손에 힘을 주었다.

'사혈이 어디더라?'

진소아의 눈에 반질반질 기름이 껴 있는 위연호의 머리 한가운데 백회혈이 들어왔다. 한 치만 가볍게 꾹 눌러준다면 위연호는 염라대왕을 만나 그동안 저지른 게으름을 빌어야 할 처지가 될 것이다.

생전 처음 느끼는 살인 충동을 필사적으로 억누른 진소아가 진중한 자세로 다시 한 번 말했다.

"말씀드리고 싶은 것이 있습니다."

"나가라고?"

"그런 게 아닙니다. 상의드리고 싶은 일이 있습니다."

위연호가 고개를 빼꼼 들었다.

"나한테?"

"여기 위 공자님 말고 누가 있습니까?"

위연호는 멍하니 한참 동안 진소아를 바라보았다. 그의 얼굴에 온갖 의혹이 떠올랐다가 이내 안쓰러움이 가득 찼다.

"나한테 상의를 한다고?"

"예."

위연호는 성수장에 온 이후로 참 별일을 다 겪는다고 생각했다. 생전 처음으로 과분한 대접도 받아보고, 이제는 심지어 자신과 상의를 한다는 사람마저 나오지 않았는가.

만약 위정한과 백무한이 이 사실을 알았다면 감격에 눈물을 흘렸을 것이다.

하지만 위연호는 주제와 분수를 누구보다 잘 아는 이였다.

그는 결코 자신이 믿음직한 상담 대상이라 믿지 않았다. 그렇다면 결과는 빤했다.

위연호는 조심스레 말을 꺼냈다.

"너, 혹시 친구 없냐?"

으드득.

진소아의 이 가는 소리가 입술을 뚫고 흘러나왔다.

위연호는 어색하게 웃었다.

"아, 미안. 내가 아픈 데를 찔렀나 보네."

진소아는 허벅지를 움켜잡고 부들부들 떨리는 얼굴로 노기를 억눌렀다.

위연호의 눈에 몸이 덜덜 떨리는 게 보일 지경이었다.

'친구 없는 애들한테 친구 없냐고 물어보면 안 되는데⋯⋯.'

자책에 빠진 위연호였다.

"그런 게 아니라 천하를 저보다 많이 돌아보셨을 위 공자께 물어보고 싶은 것이 있어서 그럽니다."

위연호는 태연하게 대답했다.

"나 얼마 못 돌아봤어."

"그래도 저보다야 많이 보셨을 것 아닙니까?"

"열두 살 때까지는 집에만 있었고, 그 뒤로 오 년간 동굴에 있다가 두어 달 전에 나와서 여기 왔어."

"……."

진소아는 힘없이 자리에서 일어났다.

위연호와 뭔가를 상의하려 한 자신이 너무도 한심스러워서 콱 혀 깨물고 죽어버리고 싶은 심정이었다.

"그래도 뭐 들어는 줄게."

진소아는 풀린 눈으로 위연호를 빤히 바라보다가 힘없이 바닥에 주저앉았다.

"그래, 왜?"

진소아는 미덥지 못하다는 듯 입맛을 다시다가 그래도 밑져야 본전이라는 심정으로 입을 열었다.

"지금 우리 의방의 문제가 뭐라고 보십니까?"

"문제?"

"외부인인 위 공자께서 보시기에 우리의 문제가 뭐라고 생각하시냔 말입니다."

위연호는 턱을 괴고 인상을 썼다. 한참을 고민하고 또 고민하던 위연호가 도저히 모르겠다는 듯 고개를 절레절레 저었다.

"너무 어려운 질문이군."

"문제가 없습니까?"

"아니. 너무 많아서 문제야. 대체 어느 게 제일 중한 문제고, 어디부터 고쳐야 할지 감이 안 잡혀."

"그, 그렇게 많습니까?"

위연호는 뭘 물어보냐는 얼굴로 진소아를 마주 보았다. 진소아는 능글맞은 위연호의 눈빛에 고개를 푹 숙였다.

"하기야 많겠지요."

"힘내. 세상이 다 그런 거지."

"그럼 위 공자께서는 의원을 운영하는 데 가장 중요한 것이 무엇이라 보십니까?"

위연호는 생각할 것도 없다는 듯 심드렁하게 대답했다.

"돈이지."

"예?"

"돈이라고, 돈."

"의방에는 의술이 제일 중요한 것이지, 돈은 부차적인 문제 아니겠습니까?"

"의원을 돈으로 고용하면 돼."

"그래도 고용된 의원의 실력이 문제가 아니겠습니까?"

"실력 있는 의원을 고용하면 돼."

진소아는 거침없는 위연호의 말에 뭔가 반박하려다 입을 다물었다.

위연호가 그런 진소아의 급소를 찔러왔다.

"솔직히 너도 그렇게 생각하지?"

"……."

진소아는 대답하지 못했다.

위연호는 혀를 찼다.

진소아는 못내 납득하지 못하겠다는 듯 반박했다.

"저는 선친께 의술(醫術)은 인술(仁術)이라 배웠습니다."

"그렇지."

"의술은 사람을 살리는 기술입니다. 그러한 기술을 펼치는 데 돈이 가장 중요하다는 건……."

위연호는 고개를 옆으로 틀고 혀를 찼다.

"그래서 니가 보기에는 돈 없는 이 의방이 잘 돌아가고 있는 것 같냐?"

"그건……."

"지금처럼 돈 없는 사람한테 돈을 안 받고 의술을 베풀면 한 일 년은 더 사람을 살릴 수 있겠지."

진소아가 고개를 끄덕였다.

"돈을 받으면 니가 죽을 때까지 사람을 살릴 수 있을 걸?"

진소아의 눈이 떨렸다.

"가만 보면 돈 안 받고 사람 치료해 주는 걸 뭐 대단한 건 줄 아는 사람이 있던데, 그렇게 치료해 봐야 몇이나 고치겠어? 꼴랑 몇 백 명이지. 평생 돈 받고 사람 치료하면 몇 백 명이 문제겠어? 몇 천 명, 몇 만 명을 구할 수도 있지."

"그건 그렇습니다."

"돈을 못 내는 사람을 손해 보며 치료하는 것도 의원이 유지되는 선에서 해야지, 지금처럼 냅다 퍼주기만 하면 뭔가 해결이 될 것 같아? 니들이 고쳐 준 사람들은 뭐 니들한테 엄청나게 고마워할 줄 아나 본데, 니들 망해봤자 혀 한 번 차며 '그 사람들, 참 좋은 사람들이었는데' 하는 게 끝이야."

진소아의 얼굴이 붉어졌다.

"그렇지 않습니다. 그 사람들은 진심으로 고마워했습니다!"

"고맙지. 당연히 고맙지. 돈도 안 받고 치료해 주는데. 나 같아도 고맙겠다. 그래서 그 사람들 중에 자기 먹을 것 안 먹고, 입을 것 안 입어가며 돈 만들어서 갚은 사람은 몇이나 돼?"

"……."

"물론 마음으론 고마워하겠지. 나중에 성공하면 꼭 갚아야 하겠다고 생각하는 사람도 굉장히 많을 거야. 문제는 언제 성공하냐는 것이지."

진소아는 반박하지 못했다.

"진짜로 고마우면 성공이고 뭐고 지금 당장 먹을 것이라도 아껴가며 돈을 낼 거야. 그런데 그런 사람 몇이나 되지?"

위연호의 말은 신랄했다.

하지만 진소아는 위연호의 말에 조금도 반박하지 못했다.

"다른 사람들은 뭐 양심에 털 나고 돈밖에 몰라서 돈 받고 치료해 주는 줄 알아? 니들이 대단한 선행을 베풀고 있다고 생각하는 모양인데, 천만에. 기둥뿌리 뽑아서 베푸는 선행은 당시에는 감동스러운 일일지 모르겠지만, 훗날에는 그냥 병신 짓거리밖에 안 돼. 이대로 이십 년만 지나면 여기 사람들 중에 성수장이 있었다는 것도 기억하는 사람 몇 안 될걸?"

위연호의 말이 비수가 되어 진소아의 가슴을 찔렀다.

아니라고 말하고 싶지만, 위연호가 말한 대로 될 것이라는 걸 진소아도 알고 있었다.

"하지만 의술이란 건……."

못내 아쉬움을 버리지 못한 진소아의 말에 위연호가 콧방귀를 꿰었다.

"니가 처먹고 살 게 있어야 의술도 있는 거야. 당장 내가 굶어 죽게 생겼는데 의술은 뭔 놈의 의술이야?"

위연호의 비아냥이 진소아의 귀에 틀어박혔다.

*　　*　　*

진소아는 움찔했다.

의원으로서 차마 입 밖으로 낼 수 없는 말을 위연호는 아무렇지도 않게 말하고 있었다.

"그런 말은 어디서 들으셨습니까?"

"응?"

"세상 경험이 별로 없으시다더니, 그런 건 어디서 들으셨기에……."

위연호는 몸을 부르르 떨었다.

"말도 마라. 지독한 영감한테 들었지."

"네?"

위연호는 회상하는 듯 천장을 올려다보았다.

"내가 성승(聖僧)이니 성모(聖母)니 하는 인간치고 말년 고운 인간을 못 봤다. 지 밥그릇도 못 챙기는 놈들이 남을 위한다고? 헹! 자기를 희생하는 게 당연한 이들은 다른 이들의 희생도 당연하게 여기기 마련이다. 지 목숨 귀한 줄 아는 놈이 남 목숨

귀한 줄도 아는 법이지! 그러니 너는 쓸데없이 남을 위한답시고 난리치지 말아라. 나는 그런 꼴 못 본다!"

위연호의 눈이 아련함으로 젖어들었다.

"정말 지독한 노인네였어."

"무슨 말씀이신지?"

"뭐, 여하튼 그래. 사부님이 말씀하시길, 제 목숨 귀한 줄 모르는 사람이 남 목숨 귀한 줄 알 리가 없다고 하셨지. 너는 어때?"

"저는……."

진소아는 한참을 머뭇거리다가 입을 열었다.

"모르겠습니다."

"쯧."

"저도 돈이 귀하다고는 생각합니다. 하지만 누님께서 그런 생각이 자꾸 틀렸다고 하시니, 뭐가 맞는 줄 모르겠습니다."

"둘 다 맞겠지?"

"네?"

"꼭 하나가 틀렸다고만 생각할 것 없어. 이것도 맞고, 저것도 맞을 수 있지."

"아니, 그게 무슨……."

"그럼 처음부터 따져 보면 돼. 너희 집 왜 망했는데? 원래는 저 앞에 있는 커다란 의방이 너희 것이었다면서?"

진소아는 한숨을 쉬고는 이야기를 풀어놓았다.

"선친은 호인(好人) 중의 호인이셨습니다. 천하에 적이 없는 분이셨지요."

"음⋯⋯."

위연호는 진소아의 이야기에 귀를 기울였다.

"선친 역시 지금의 저희처럼 없는 이들에게 무료로 의술을 베푸셨습니다. 천금의 치료비가 들어도 돈 없는 이들에게는 대가를 받지 않으셨습니다."

위연호가 눈살을 찌푸렸다.

"그래도 됐어?"

"제가 태어나기 전까지는 괜찮았던 모양입니다. 그나마 이전부터 쌓아놓은 부가 있었으니까요. 제가 태어날 무렵에 슬금슬금 곳간이 비기 시작해서 제가 철이 들 무렵에는 이미 텅텅 비어 있었습니다."

위연호는 혀를 찼다.

"쯧쯧, 지금 같은 기세로 돈을 써 댔으면 당연하지."

"그게 그 정도가 아니었을 겁니다. 그때는 의방도 크고 일하는 의원들도 많았으니, 지금과는 비교도 안 되는 기세로 돈이 날아갔지요."

위연호는 상상만 해도 무섭다는 듯 몸을 부르르 떨었다.

"그랬겠지. 여하튼 그래서?"

"그 빚은 어떻게든 감당할 수 있는 수준이었습니다. 워낙에 명성과 실력이 있고 인망도 두터웠기 때문에 벌어들이는 돈도 만만치 않았기 때문인 것 같습니다. 하지만 어느 순간 아버님도 이대로는 언젠가 자식들에게 커다란 빚을 떠넘기게 된다는 것을 깨달으신 모양이셨는지, 빚을 일거에 갚을 방법을 생각하셨지요."

위연호는 눈을 빛냈다. 보통 그런 상황에서 음모가 벌어지기 마련이다. 그게 아니라면 잘나가던 의방이 한순간에 몰락해 버릴 수는 없는 일이었다.

"사기를 당했겠지?"

"예?"

"돈을 융통해 준다는 사람이 나타났거나 돈을 벌 방법이 있다고 살살 꼬드기는 인간이 그럴 무렵에 나타나기 마련이지! 그렇지?"

진소아는 황당하다는 듯 위연호를 아래위로 훑어보더니, 고개를 저었다.

"아닙니다."

"응? 아냐?"

"예, 아닙니다."

위연호는 침음성을 삼켰다. 흉수의 수작이 그의 상상을 뛰어넘은 모양이었다.

그렇다면?

"그럼 혹시 암살이라든가? 무력을 통한 겁박 같은 과격한 수를 쓴 건가?"

"뭔 소리를 하시는지 모르겠습니다. 소설을 너무 많이 읽으신 것 아닌가요?"

"엥?"

진소아는 한심하다는 듯 위연호를 바라보았다. 너무 익숙한 시선이라 위연호는 딱히 기분이 나쁘지도 않았다.

"그럼 뭔데?"

진소아는 말하기 껄끄럽다는 듯 입맛을 다시더니, 이윽고 한숨을 푹 내쉬고 말을 이었다.

"그게…… 있지 않습니까, 지면 패가망신이지만 이기면 일확천금을 얻을 수 있는 수!"

"응?"

진소아가 씨익 웃으며 엄지와 검지로 동그란 모양을 만들어 앞으로 내밀었다.

"도박입니다, 도박!"

"……."

위연호는 멍한 눈으로 진소아를 바라보았다.

진소아는 그 반응을 짐작했다는 듯 겸연쩍게 웃었다.

"도박?"

"예."

"돈 놓고 돈 먹기?"

"예."

"그러니까…… 네 아버님께서…… 성수장의 의원님이 빚을 갚기 위해서 도박을 했다는 말인가? 일확천금을 노리고?"

"어린 저를 앉혀두고 이번에 큰돈을 벌어 올 테니, 걱정 말라고 하시고는 집을 나가셨죠."

위연호는 살면서 처음으로 말문이 막히는 것을 경험했다. 언제 어떤 상황에서도 매끄럽게 돌아가던 그의 혀가 석고라도 바른 양 뻑뻑하게 움직이지 않았다.

도대체 무슨 말을 해야 하는가.

"에, 그게 그러니까……."

위연호는 마지막 끈을 놓지 않았다.

"혹시 그것도 누가 꼬드긴 거라든가?"

"평소에도 도박을 무척 좋아하셨지요."

"……."

"잘 기억은 안 나지만, 도박판에 자주 가셨던 것 같습니다. 어머니가 살아 계실 적에는 부부 싸움이 자주 일어났던 걸 생각해보니, 아마도 실력은 형편없으셨던 것 같습니다."

"끄응."

위연호는 자신도 모르게 신음성을 흘려냈다.

도박이라니.

삼절대학사 문유환이 추천해 줄 만큼 유서 깊은 의가가

장주의 도박 때문에 장원이고 뭐고 다 날려 먹고 이런 초가
집으로 내 앉았다는 말인가.

음모도 아니고…….

다른 흉사가 벌어진 것도 아니고…….

"오로지 도박 때문에?"

"제가 할 말은 아니지만, 패가망신의 지름길이지요."

"끄응."

위연호는 시큰거리는 코를 부여잡고 천장을 바라보았다.

세상에는 참 다양한 사람들이 살고 있었다. 세상을 보아
야 자신을 키울 수 있다는 스승의 말이 절로 이해가 갔다.

'나 정도면 정상적인 사람일지도 몰라.'

그건 절대 아니겠지만, 전대 성수장주의 추태는 위연호
에게 자신감을 가져다줄 만큼 고약했다.

"그래서 여기로 나앉았다?"

"네."

"……."

위연호는 할 말을 잃고 가만히 진소아를 바라보았다.

진소아는 조금 붉어진 얼굴로 위연호의 시선을 피했다.

하기야 이런 상황에 누가 뻣뻣하게 고개를 들고 있을 수
있겠는가.

가문의 추태를 적나라하게 까발린 거나 마찬가지인 상황
이었다.

"그래서 아버님은?"

"그 이후로도 환자를 돌보시긴 했지만, 어떻게든 옛 성세를 회복하셔야 한다면서……."

"무리하시다가 돌아가신 건가?"

"네? 아, 그건 아닙니다."

"응?"

"무리랄 건 없었습니다. 보시다시피 평소에는 딱히 바쁠일이 없으니까요. 그보다는 남는 돈이 생길 때마다 상황을 타개하시기 위하여……."

위연호는 썩은 동태눈으로 진소아를 가만히 바라보았다.

그다음 나올 말이 뭔지 듣지 않아도 알 것만 같았다. 도박으로 패가망신한 사람들이 겪는 가장 전형적인 현실도피가 뭔지 위연호는 이미 잘 알고 있었다.

"또 꼬라박았구만."

"운이 없으셨던 게죠."

진소아가 안타깝다는 듯한 표정을 지었다.

'운은 떠그럴.'

위연호는 할 수만 있다면 무덤에 묻혀 있을 성수장주의 멱살을 부여잡고는 탈곡기처럼 털어버리고 싶은 심정이었다. 누백 년을 내려온 성수장이 단 한 사람의 도박벽 덕분에 망할 위기에 처한 것이 아닌가.

"그렇게 몇 번이고 도전에 도전을 거듭하시던 아버님은

결국 가세를 회복하지 못하시고 몸져누우셨습니다."

"화병이군."

"아니, 그 화병은 아니고…… 정확하게 말하면 영양실조와 주독(酒毒) 때문이셨습니다. 골패를 잡으신 내내 음식은 안 드시고 술만 찾으시다 보니."

"맨 정신으로도 고의까지 털린다는 도박판에서 술을 퍼마셨다고?"

"은근 소심한 면이 있으셨지요."

위연호의 안면 근육이 푸들푸들 떨렸다. 한참을 부들거리며 허벅지를 쥐어뜯던 위연호가 결국 참다못해 있는 힘을 다해 소리쳤다.

"대체 네 아비란 작자는 뭐하는 양반이냐!"

*   *   *

하오문 개봉 지당주 귀낭낭은 간만에 휴식을 즐기고 있었다. 최근 개봉 지당에 광동위가의 둘째 공자를 비롯하여 척마검 위산호마저 다녀간 뒤라 신경쇠약에 걸릴 지경이었다.

뿌드득.

그 일을 생각하자 귀낭낭의 이가 절로 갈렸다.

"그 거지새끼를 죽였어야 해!"

눈탱이를 밤탱이로 만들어놓기는 했지만, 그 정도로는 도저히 분이 풀리지 않았다.

개방의 소방주라는 직책이 아니었다면 팔 하나는 잘라냈을 것이다.

귀낭낭은 침상에 몸을 누이고 여유롭게 눈을 감았다.

여하튼 힘든 일들은 잘 해결되었고, 척마검이 장일마저 끌고 한림대장원으로 가버린 덕분에 마음이 편안해졌다.

이제 적어도 보름은 별걱정 없이 푹 쉴 수 있을…….

쾅!

"큰일 났습니다!"

문이 부서질 듯 열리며 공무가 헐레벌떡 뛰어 들어왔다.

귀낭낭의 미간이 좁아졌다.

아미를 좁힌 그녀는 짜증과 분노가 뒤섞인 목소리로 날카롭게 소리쳤다.

"또 왜!"

"그, 그게……."

그때, 귀낭낭의 눈에 문으로 들어오는 일련의 사람들이 보였다.

'셋?'

여자 하나와 남자 둘.

셋 다 나이가 적당히 있어 보이는 인물들이었다.

'이젠 그냥 막 들어오는구나.'

귀낭낭은 한숨을 푹 내쉬었다.

개봉의 비지(秘地) 중 비지에다 지어놓은 개봉 지당이건만, 요즘은 아무나 막 들어오는 동네 놀이터가 되어버렸다. 귀낭낭은 이번 일만 처리하면 반드시 문도들 교육을 다시 시키겠다고 다짐했다.

들어온 일행 중 중후해 보이는 남자가 주변을 둘러보더니, 조금 초조한 목소리로 물었다.

"낭자가 이곳의 담당자요?"

귀낭낭은 퉁명스레 대꾸하려다 생각을 바꿨다. 적당히 대해도 좋을 사람이라면 공무(空無)가 이토록 급박하게 뛰어오지는 않았을 것이다.

"그렇습니다. 하지만 왕래하신 분께서 먼저 정체를 밝히시는 것이 도리 아닐까요?"

중년 사내는 진중히 고개를 끄덕였다.

"실례했소이다. 나는 위정한이라 하오."

'위정한이라……'

머릿속에서 위정한이라는 이름을 찾아보던 귀낭낭의 눈이 커다랗게 떠졌다.

동시에 손바닥에 식은땀이 고이기 시작했다.

'저, 정협검.'

귀낭낭이 살짝 두려움이 어린 눈으로 정협검(正俠劍) 위정한을 바라보았다.

협의에 어긋나는 자들이 천하에서 가장 두려워하는 자. 광동의 작은 세가인 광동위가 출신으로, 숭천정무맹에 투신하여 어린 나이부터 수많은 마두를 그 검으로 배어내고 이루 셀 수도 없는 협의를 그 몸으로 행해온 자였다.

민초의 고혈을 짜내는 자라면 그 출신이 어디이든 그의 검을 피할 수 없었다.

주르륵.

귀낭낭의 이마에서 차가운 땀방울이 흘러내려 볼을 타고 떨어졌다.

하오문은 딱히 사도라고는 할 수 없는 곳이지만, 정보를 다루는 특성상 타인들에게 밝힐 수 없는 더러운 구석도 있기 마련이다. 그런 이들에게 정협검 위정한은 결코 마주하고 싶지 않은 인물이었다.

그런 정협검이 하오문 지부를 방문했다는 것은 귀낭낭에게 결코 달가운 소식이 아니었던 것이다.

'침착하자.'

귀낭낭이 지그시 입술을 깨물었다.

그녀가 아무리 하오문에서는 재녀로 통한다지만, 정협검을 상대하기에는 애송이라는 것을 인정할 수밖에 없었다.

정협검 위정한을 바라보는 그녀의 눈이 절로 떨려왔다.

천하에 짝을 찾을 수 없을 정도로 협의로 가득한 협객이자 그 유명한 천하십년비무행(天下十年比武行)으로 그 검의 경지가 극의(極意)에 올랐음을 스스로 증명한 이.

그의 아들인 척마검 위산호가 천하제일 후기지수이자 후기제일협객으로 명성을 떨친다지만, 정협검 위정한의 이름 앞에서는 여전히 태양 앞의 반딧불이나 마찬가지였다.

아무리 귀낭낭이 하오문주의 딸이자 하오문 개봉 지당의 당주라고는 하나 그러한 배경으로 상대할 수 있는 자가 아니었다. 적어도 하오문 문주인 그의 아버지가 직접 와야 격이 맞는다고 할 수 있었다.

"정협검께서 방문해 주시다니, 영광입니다."

귀낭낭은 공손히 고개를 숙였다.

일단은 자세를 낮춰야 했다.

정협검은 협의로 가득 찬 협객이지만, 협의에 어긋난 이들에게는 마두보다 더 두려운 존재였다.

"만나서 반갑소."

"어떤 일로 왕림하셨는지요?"

"아, 그게 저⋯⋯."

위정한은 조금 당황하여 말을 더듬었다.

하오문이라고 하기에 간사하게 생긴 남자가 나오면 멱살이라도 잡고 '내 아들 어디로 갔냐'고 소리칠 심산이었건만, 딸뻘 되는 처자가 나와 버리니 무슨 말부터 해야 할지 막막했다.

"다름이 아니고⋯⋯."

위정한이 어버버대자 옆에서 그런 모습을 날카로운 눈으로 노려보던 한상아가 위정한을 밀어냈다.

"비켜요!"

"어어!"

한상아가 답답하다는 듯 위정한을 구박했다.

"바빠 죽겠는데 왜 자꾸 버벅대요, 버벅대긴!"

"아니, 상아. 내가 그게 아니고……."

"시끄러워요!"

"예."

한상아가 고개를 휙 돌려 귀낭낭을 바라보았다.

천하의 정협검 위정한이 동네 아저씨 취급당하는 것을 황당하게 바라보던 귀낭낭은 한상아의 시선이 자신에게로 향하자 찔끔하여 고개를 살짝 숙였다.

경력과 배움은 헛된 것이 아니었기에 순식간에 지금 이곳의 실세가 누구인지 파악한 것이다.

"소저가 책임자인가요?"

"예, 그렇습니다."

"다름이 아니라…… 이곳에서 서찰을 보낸 내 아들 녀석을 찾아왔어요."

귀낭낭은 한숨을 쉬었다. 다행히 그녀가 예상한 일이었다.

"위연호 공자를 말씀하시는 건가요?"

"그래요."

"위연호 공자라면 지금 성수장으로 갔습니다. 지금쯤이면 도착했을 것입니다."

"성수장?"

"호북에 있는 의가(醫家)입니다."

한상아가 눈살을 찌푸렸다.

"의가는 왜?"

귀낭낭은 고개를 저었다.

"그것까지는 저희도 알지 못합니다. 저희가 아는 것은 위연호 공자가 호북의 성수장으로 향했다는 것뿐입니다. 그 전에는 한림대장원에 계셨구요."

"한림대장원?"

"삼절대학사 문유환 공께서 운영하시는 학관입니다. 얼마 전까지는 그곳에 계셨습니다."

"학관이라니, 연호가 학관에 갔다구요?"

한상아는 도무지 믿지 못하겠다는 듯 눈을 크게 떴다. 그녀가 아는 위연호라면 죽으면 죽었지, 학관에 가서 공부를 할 사람은 아니었다.

"여하튼 얼마 전까지는 거기 계시다가 지금은 성수장으로 가셨습니다."

한상아는 고개를 끄덕였다.

상황이야 어떻게 되었든 그렇다고 하는데 더 물을 말이

있을 리 없었다.

그때, 위정한이 앞으로 한 발 나서며 물었다.

"소저가 그걸 어찌 알고 있소?"

"네?"

위정한의 눈은 낮게 가라앉아 있었다.

"내 아들놈은 천성이 게을러 터져서 어떠한 목적이 있더라도 소저와 따로 연락을 할 사람은 아니오. 그런 아이가 얼마 전까지 한림대장원에 머물렀다가 최근에 성수장으로 향했다는 것을 소저가 어찌 알고 있느냐 묻는 것이오."

순간, 귀낭낭의 등골이 서늘해졌다.

지금 위정한은 그녀가 혹시 위연호를 감시한 것은 아닌가 묻고 있었다. 대답은 간단하지만, 그 대답이 위정한의 마음에 들지 않았을 경우 어떤 일이 벌어질지는 감히 짐작할 수 없었다.

귀낭낭의 머리가 맹렬하게 회전했다.

어떻게 대응해야 할지 감이 잡히지 않았다. 만약 그녀가 목적이 있어 그를 감시했다고 위정한이 판단할 경우, 오늘 귀낭낭은 횡액을 피할 수 없을지도 몰랐다.

협을 행한다는 말은 다시 말하자면, 수많은 마두들을 그 검끝에 고혼으로 만들었다는 소리와도 같다. 협객이라 불리는 이들 중 독심을 가지지 않은 사람은 없기 마련이었다.

"그건······."

"똑바로 대답하는 게 좋을 거요."

위정한의 위압감이 귀낭낭을 압박했다. 숨을 쉬기 어려울 지경이었다.

과거 위연호에게 받은 위압감과는 달리 무겁게 그녀를 짓누르는 강한 힘이 느껴졌다.

짜아악!

그때, 강렬한 소리가 퍼지며 위정한이 그 자리에서 폴짝 뛰어올랐다.

"크아악!"

한상아가 위정한의 귀를 잡고 뒤로 쭉 끌어당겼다.

"상아! 아프오! 아프다니까!"

"당신은 좀 비켜요. 나서지 말라고 몇 번을 말해야겠어요!"

"아니, 내 말은 그게 아니고!"

"시끄러워요!"

위정한은 풀이 죽었다.

한상아는 그런 위정한을 한심하다는 얼굴로 바라보다가 혀를 찼다.

"과년한 처자가 다 큰 남자 행적까지 파악하고 있다면 뻔한 거지, 뭘 따져 묻고 그래요?"

"네?"

귀낭낭은 자신도 모르게 되묻고 말았다.

그러자 한상아는 한층 부드러워진 얼굴로 귀낭낭의 손을 꼭 잡았다.

"그래, 우리 연호가 호북에 있다구요?"

"아, 예! 그렇습니다."

"그래요. 그럼 호북 성수장이 정확히 어디인지 말해줄 수 있나요? 우리가 호북 쪽은 처음이라 호북이란 말만 듣고는 찾아가기가 어렵네요."

"예. 그건 그리 어렵지 않습니다. 하지만……."

"무슨 문제가 있나요?"

"위연호 소협이 성수장에 얼마나 머무를지 알 수가 없습니다. 한림대장원에도 그리 오랜 시간 머무르지 않았거든요."

한상아는 고개를 갸웃했다.

그게 무슨 상관이란 말인가.

"운이 나쁘면 가시는 도중에 위연호 소협이 성수장을 떠나 버릴 수도 있습니다. 그러면 성수장까지 헛걸음을 하시게 되지요."

위정한이 불쑥 나섰다.

"그럼 성수장에 어디로 갔는지 물어보면 될 일 아니오?"

"그게 가능하다면 다행이지만, 혹여 위 소협이 목적지를 말하지 않고 성수장을 떠나 버린다면…… 그 넓은 호북에서 위 소협을 찾기란 쉽지 않을 겁니다."

위정한은 강호에 굴러먹은 시간이 있는 만큼 귀낭낭의 말이 무슨 뜻을 내포하고 있는지 알아챘다.

"그러니까, 호아가 어디로 갔는지 정확하게 알려면 하오문의 정보를 빌려야 한다?"

"그런 말은 아닙니다. 광동위가라면 언젠가는 찾아낼 수 있겠지요. 하지만 그 시간을 조금 줄이는 데 하오문이 미약하나마 도움을 드릴 수 있을 것입니다."

"어떤 방식으로?"

"저희 측 정보원이 동행하여 위연호 공자의 행적을 그때그때 확인하여 알려 드린다면, 중간에 길이 엇나갈 일은 없을 겁니다."

위정한은 가만히 귀낭낭을 바라보았다.

"대가는?"

"그런 건 바라지 않습니다. 다만, 하오문이 광동위가를 도와드리려 애썼다는 사실을 기억해 주셨으면 해요."

위정한은 미소를 지었다.

돈은 받지 않을 테니, 빚을 하나 가지고 있다고 생각하라는 뜻이었다.

다른 이들에게는 모르겠지만, 위정한 정도 되는 인물이라면 그 작은 빚이 황금 몇 백 관과 맞먹는 가치를 가질 수도 있었다.

'똑똑하고 상황 판단이 빠르군. 게다가 내 앞에서 저리

당당한 모습이라······.'

긴장한 듯 안색이 좋지는 않지만, 떨리는 다리를 숨기며 얻어낼 것을 얻어내는 모습이 꽤나 마음에 들었다.

"이름이 어떻게 되시오?"

"모산아(毛珊娥)입니다. 세상 사람들은 저를 귀낭낭이라 부르지요."

"모(毛)라······. 내가 알기로는 하오문주가 그러한 성을 지녔다 들었소만?"

"제 아버님 되십니다."

위정한은 고개를 끄덕였다.

"하오문이 아니라 소저가 마음에 드는구려. 내 소저에게 은혜를 입었다 생각하겠소. 정도와 도리에 어긋나지 않은 경우에 한하여 훗날 소저에게 이 은혜를 갚도록 하겠소."

귀낭낭은 위정한의 대답에 맥이 탁 풀렸다.

은혜는 입되, 하오문이 아니라 그녀의 일에 한한다. 또한 정도와 도리에 어긋난 경우에는 어떠한 부탁도 들어줄 수 없다.

빚을 지우려 했건만, 너무 많은 조건이 붙어버렸다.

'그래도 이 정도면······.'

다른 사람도 아니고, 정협검 위정한의 말이었다.

조건이 붙긴 했으나 그의 말은 천금과도 같을 터.

충분히 큰 이익을 얻었다고 볼 수 있었다.

"대협의 은혜에 감사드립니다."

"내가 은혜를 받은 입장이지. 됐소. 그래, 누가 우릴 안내할 것이오?"

그때, 한상아가 한심하다는 듯 혀를 찼다.

"쯧쯧쯧."

한상아가 혀를 차자 위정한은 자신도 모르게 슬그머니 목을 밀어 넣었다.

"또 왜 그러시오?"

"당신은 눈치도 없어요?"

"무슨 눈치를 또……."

"에휴, 내가 어쩌다 저런 양반이랑 연을 맺어서."

위정한은 영문도 모른 채 한없이 작아졌다.

한상아는 위정한은 신경도 쓰지 않고 다시금 귀낭낭에게 다가가 그녀의 손을 꼭 잡았다.

"그래, 방년 나이가 어찌 되고?"

"네? 이제 스물여섯입니다."

한상아가 눈살을 잠시 찌푸렸다가 다시 화사하게 웃는 얼굴로 말을 건넸다.

"그래, 부모님은 두 분 다 잘 계시고?"

"아버님은 정정하시지만, 어머님은 제가 어릴 적에 돌아가셨어요."

"고생이 많았겠구나. 괜찮다. 요즘 같은 시대에 그런 게 흠이 될 이유가 없지."

귀낭낭은 당황한 얼굴로 식은땀을 뻘뻘 흘렸다.

이게 대체 무슨 상황인가.

"다, 당신, 뭐하는 거요?"

위정한도 당황한 나머지 한상아를 만류했다. 하지만 한상아의 눈이 날카로워지자 두말없이 뒤로 물러나 눈을 질끈 감았다.

"그래. 몸이 약해 보이는데, 호북까지 갈 수 있겠어?"

"네?"

귀낭낭이 당황하여 반문했지만, 한상아는 막무가내였다.

"안내해 준다니 고맙기는 하지만, 네가 감당하기는 먼 길일 텐데."

무슨 말도 안 되는 소리냐고 소리치려던 귀낭낭은 입을 닫고 머리를 굴렸다.

광동위가.

세인들에게 크게 알려져 있는 세가는 아니지만, 정협검 위정한의 위명과 척마검 위산호의 이름만으로 욱일승천하고 있는 세가였다.

'거기에 위연호.'

괴이한 몰골이지만, 그 무위 하나만큼은 진짜였다. 아무리 위산호가 후기제일지수라 불린다고는 하나 위연호의 무위에는 미치지 못하리라.

잘만 한다면 천하오대세가는 물론, 이십 년 뒤 천하제일 세가를 논할 수도 있는 곳이 바로 광동위가였다.

그런 광동위가와 연을 만들어놓는 것이 손해일 리가 없었다. 계산이 선 귀낭낭이 화사한 미소를 만면에 피워 올렸다.

"걱정 마세요, 어머님. 이래 봬도 제가 튼튼하거든요. 금방 준비하고 올 터이니, 조금만 기다리세요."

귀낭낭은 허리를 굽혀 인사를 하고는 서둘러 방을 빠져 나갔다.

흐뭇한 미소로 그런 귀낭낭을 바라보고 있는 한상아에게 위정한이 쭈뼛쭈뼛 다가섰다.

"상아, 좀 과한 게 아닌가 싶소. 내가 보기에는 저 처자가 연호에게 딱히 마음이 있어 보이지는 않는데……."

한상아가 한심하다는 눈으로 위정한을 바라보았다.

"당신 생각에는 연호가 장가는 갈 수 있을 것 같아요?"

"……아니."

위정한은 솔직하게 대답했다.

집에서 굴러다니는 것이 인생의 전부인 위연호가 여자를 만든다는 것은 불가능한 일이었다. 억지로 정혼이라도 시켜야겠지만, 그것도 못할 짓이었다. 남의 집 자식 하나 청상 과부 만드는 꼴이 아닌가.

"없었을 땐 신경 쓸 일이 아니지만, 이제 연호가 돌아왔으니 슬슬 준비해야죠. 나이도 찼고!"

"하지만 저 처자는……."

"호감이 조금이라도 있으면 엮어내면 되는 거예요."

위정한은 꿀 먹은 벙어리가 되었다.

"싫어하지 않으면 자주 보다 정들고, 가족끼리 같이 움직이다 보면 잔정도 들기 마련이니…… 가능성은 충분해요. 나이가 조금 많은 게 흠이지만, 똑똑하고 예쁘니 나이 정도야 감수해야죠. 게으르고 한심한 우리 애니까 저리 똑똑한 아이가 아니라면 감당할 수 없어요."

위정한은 떨리는 눈으로 한상아를 바라보았다.

어머니는 강했다.

그리고 잠시 후, 아무것도 모르는 귀낭낭이 짐을 준비해 문을 열고 들어왔다. 서로 화사하게 마주 웃는 두 여인의 모습을 보며 위정한은 눈을 질끈 감았다.

저 둘을 모두 감당해야 할 위연호를 생각하니, 가슴이 먹먹해져 왔다.

남자에게 여자란 언제나 두려운 존재였다.

21장
게으름뱅이, 인재를 찾다

과거부터 성수장은 명문의가로 이름이 높았었지.

 자네도 알 것 아닌가, 성수장이라는 이름이 천하에 얼마나 이름을 떨치고 있는지를.

 당시에는 지금 정도는 아니더라도 나름 이름이 있었다, 이 말이지.

 응?

 듣고 보니 망하지 않았느냐고?

 그랬지.

 그래, 망했지. 폭삭 망했어.

 거, 위연호가 워낙에 거지처럼 사는 데 익숙해져 있어서 그렇지, 실제로 당시의 성수장은 거지들도 동냥 갔다가 쪽박 내려놓고 올 지경이었다더군.

거, 내가 당시 지부에서 직접 들은 거라 틀림없어. 쪽박 깨고 다친 거지새끼들이 찾아가면 무료로 치료를 해주었던 터라, 거지들이 혹시나 밥 말고 엽전이라도 동냥하는 날이면 그 엽전을 들고 가서 살림에 보태 쓰라고 주고 올 지경이었다고 하더구만.

뭐?

거짓말 같다고?

내가 자네 붙들고 거짓말을 해서 뭐 해먹겠나. 못 믿겠으면 가봐.

어허.

거지 다리는 붙드는 게 아닐세.

잘못했다구?

그래, 그래야지.

여하튼 그런 상황에서 위연호까지 떨어진 것이지.

그런데…… 일이 좀 묘해졌단 말이야.

뭔 소리냐고?

들어보면 알 거야, 들어보면.

"대체 네 아비란 작자는 뭐하는 양반이냐!"

위연호는 입에서 불을 뿜을 기세였다.

하지만 진소아는 별것 아니라는 듯 태연하기만 했다. 선친에 대해 이야기를 하다 보면 이런 반응쯤은 쉽게 볼 수 있는 일이었다.

그나마 위연호는 참을성이 많은 편이었다. 중간에 더 이상은 못 듣고 있겠다고 진소아를 걷어차지는 않았으니까. 선친에 대한 말을 듣는 이들의 반응을 가만히 돌이켜 본다면 이 정도의 반응은 온건한 축에 속했다.

"저도 참 어떻게 말씀드려야 할지 모르겠네요."

"끄응……."

위연호는 고개를 젓고 말았다.

그도 어디 가서 인간의 순위를 따진다면 말석의 말석, 끄트머리쯤에 붙어 있다고 자부할 수 있는 인간이지만, 진소아의 선친은 정도를 넘어선 사람이었다.

도박으로 누대에 이어오던 가업을 날려 버리다니.

위연호가 그런 짓을 저질렀다면, 위정한이 자식이고 뭐고 목을 따버렸을 것이다.

"그래서 돌아가신 이후로는 이쪽으로 옮겨 와서 살고 있다?"

"예, 그렇습니다."

"모든 원인이 그 양반이로군."

"말하자면 그렇습니다."

"음……."

위연호는 지끈거리는 머리를 움켜잡았다. 그저 이야기를 듣는 것만으로 두통을 유발할 수 있다니, 진소아가 화병으로 드러눕지 않은 것이 용할 지경이었다.

"그래. 상황이 이리된 건 아버지 탓이라 치자."

하지만 상황을 악화시키고 있는 것은 아버지가 아니었다.

이미 죽은 사람이 일을 치를 수는 없으니까.

지금 이 집을 막장으로 몰아가고 있는 것은 그들이 아니라 진예란, 진소아 남매였다.

"그럼 너라도 열심히 해서 가문을 다시 일으켜야지."

본인은 잘 있는 가문도 말아먹을 기세로 게으름을 피우지만, 남에게는 엄격한 위연호였다.

하기야 모든 사람이 자신처럼 게으름을 부린다면 위연호가 먹을 쌀도 나지 않을 테니, 어찌 생각하면 당연한 일이었다. 게으름이란 타인의 근면함을 바탕으로 부릴 수 있는 것이니까.

"그야…… 열심히야 하고 있지요."

진소아의 고민이 바로 이것이었다.

"열심히는 하고 있습니다. 제 입으로 이런 말을 하기는 우습지만, 제 나이에 이만큼 의학에 대해 많이 아는 이도 흔치 않을 것이며, 제 나이에 이만큼이나 많은 환자를 본 이도 흔치 않을 것입니다."

"자랑 보소?"

"자랑이 아닙니다!"

진소아가 울컥하여 소리쳤다.

"사실이 그렇습니다, 사실이! 저는 여섯 살 때부터 침을 놓았단 말입니다. 누님께서 얼마나 사람을 험하게 굴리시는지, 남들은 십 년 만에 배울 것을 삼 년 만에 모두 뗀 정돕니다."

"응, 그래. 너 잘났어."

"자랑이 아니라니까요!"

진소아가 답답하다는 듯 가슴을 쳤다.

"제가 잘나서 그렇게 된 게 아니라 쉴 틈을 주지 않아서 그런 겁니다. 누님은 절 한시도 내버려 두지 않으셨단 말입니다."

"크, 교육자시네."

"……."

진소아가 썩은 동태눈으로 위연호를 바라보았다.

그래서 상담이라는 것은 사람을 봐가며 해야 하는 것이다. 지금 상황의 책임 소재를 따져 보자면 위연호가 아니라 진소아에게 팔 할의 책임이 있다. 위연호에게 진지한 상담을 원했다는 것 자체가 그의 잘못인 것이다.

"……제가 괜히 귀찮게 해드렸네요."

"쓸데없는 소리만 하니까 그렇지."

"쓸데없는 소리요?"

"응."

위연호는 드러누운 채 고개를 끄덕였다.

"중요한 건 그런 게 아니지. 중요한 건 지금 아냐?"

"그렇습니다."

"네가 어떻게 살아왔든, 너희 집이 어떻게 망했든 다 곁가지 같은 일이야. 그런 이야기를 하면서 '아이고, 데이고' 해봤자 달라질 것은 아무것도 없지. 중요한 것은 앞으로 어떻게 먹고살 것인가 하는 것이겠지."

"오!"

진소아는 고개를 격하게 끄덕였다.

과연 그 말이 옳았다.

이 인간은 드러누워 사는 주제에 나름 핵심을 찌르는 능력이 있었다. 진소아가 위연호에게 상담하고 싶은 것도 바로 그런 부분이었다.

"안 그래도 그 말씀을 드리고 싶었습니다."

"그런데 왜 이리 잔말이 많아?"

'니가 처음부터 이야기해 보라며!'

진소아는 울분을 참아내며 입을 열었다.

"죄송합니다."

"쯧쯧쯧."

위연호는 혀를 찼다.

선친 문제인지, 아니면 커오면서 누나에게 너무 눌려 살아서인지 사내자식이 영 남자답지 못했다.

"그래서 질문을 드리고 싶습니다."

"귀찮은데……."

진소아는 위연호의 말을 꿋꿋하게 무시하며 계속 말을 이었다. 지금까지의 경험대로라면 위연호가 하는 말을 일일이 신경 쓰다가는 대화를 이어갈 수가 없었다.

"저희 의가가 다시 되살아나기 위해서는 제가 무엇부터 해야 한다고 생각하십니까?"

진소아의 진지한 물음에 위연호가 눈살을 찌푸렸다.

"두 가지 물어보고 싶은 게 있는데…….."

"예."

"첫 번째는 그걸 왜 나한테 묻느냐 하는 거지. 너, 내가 뭐하는 인간인지는 알아?"

"……쓰레기?"

"매우 근접한 대답이군."

위연호의 어깨가 축 늘어졌다.

스스로 인정하고 있는 바지만, 남의 입에서 듣는 것이 유쾌할 리가 없었다.

"정확하게 말하자면, 뭘 하는지는 모르겠지만 방바닥과 혼연일체가 되어 사는, 세상에서 가장 속편한 사람 정도라 말할 수 있겠네요."

"……적성을 잘못 택했네. 너는 입으로 먹고사는 일을 했어야 했어. 조정으로 나가볼 생각은 없나? 그 머리면 과거도 그리 어렵지는 않을 텐데 말이야."

"그래서 대답은 되었습니까?"

"아니."

진소아가 한숨을 살짝 내쉬고는 말을 이었다.

"귀하를 믿는 것이 아니라, 귀하가 가져온 소개장을 믿는 겁니다. 삼절대학사 문유환 숙부의 소개장을 가져온 사람이 보통 사람일 리가 없으니까요."

"그 한량 아저씨가 그렇게 유명한 사람인가?"

"한량이라니!"

진소아가 버럭 소리를 질렀다.

"삼절대학사 문유환 숙부는 그 고매한 인품과 드높은 학문으로 천하에 이름을 떨치고 계신 분이십니다! 그런 사람을 한량이라니요!"

"놀고먹는 게 똑같으면 다 같은 한량이지. 나랑 별다를 것도 없던데?"

"끄으응."

진소아는 뭔가 항변하려 하다가 다시금 위연호의 말에 일일이 반응하면 안 된다는 진리를 떠올렸다.

"그래서 귀하께 물어본 겁니다. 제가 뭘 해야 할 것 같습니까? 귀하가 그리 믿음직스럽지는 않지만, 제 주변에는 이런 말을 물어볼 사람이 없습니다."

"그렇구나."

위연호가 크게 고개를 끄덕였다.

"그래, 잘 들었다."

진소아가 조금은 벙 찐 얼굴로 위연호를 바라보았다.

"대답은요?"

"응?"

"다 이해되셨으면 대답을 말씀해 주셔야죠."

위연호가 입을 쩌억 벌리고 웃었다. 이상하게도 웃음 자체는 호탕한 것 같은데, 그 호탕한 웃음이 비웃음으로 느껴지는 진소아였다.

"두 번째 질문을 잊었군."

"예?"

"두 번째 질문은 이거야. 넌 내가 그런 걸 듣는다고 제대로 된 대답을 할 수 있을 거라고 생각하는 거야?"

진소아의 고개가 바닥으로 툭 떨어졌다.

그럼 그렇지.

지푸라기라도 잡는 심정으로 이런 인간에게 물어본 것이 잘못이었다. 지푸라기도 지푸라기 나름이지.

"쉬……십시오."

진소아가 힘없이 자리에서 일어났다. 더 이상 시간 낭비를 할 필요가 없었다.

"그런데……."

위연호의 나직한 목소리가 진소아를 잡았다.

"무슨 할 말이 남으셨습니까?"

위연호가 입이 터져라 하품을 해 댔다.

사람을 불러놓고는 대놓고 하품이라니, 예의는 어디다가 팔아먹고 온 사람이란 말인가!

"그런 걸 왜 나한테 묻는지 모르겠네."

"물을 사람이 없었다 하지 않습니까."

"전문가가 있잖아."

"예? 그게 무슨 말씀이신지?"

진소아가 멍청하게 되물었다.

"원래 그런 건 지나가던 선비가 아니라 전문가에게 물어야 하는 법이잖아. 약은 약제사에게, 진료는 의원에게."

"저희는 둘 다 취급합니다마는."

"그래? 그건 몰랐네."

위연호가 어색하게 웃었다.

"여하튼 좋습니다. 그래서 제가 원래 물었어야 할 전문가라는 사람이 대체 누굽니까?"

"가르쳐 줘?"

"물론이죠!"

위연호가 씨익 웃고는 대답했다.

"그래서 그걸 소개시켜 주면 나한테 뭘 해줄 건데?"

"……공짜 아닙니까?"

위연호가 눈을 부라렸다.

"이 사람, 큰일 날 말하네. 세상에 공짜가 어딨어! 공짜 좋아하니 이 꼴로 사는 거야! 세상 모든 일에는 정당한 대가가 있는 법이지!"

진소아가 사기꾼을 보는 심정으로 위연호를 바라보았다. 가로로 쭉 찢어진 눈 아래에 보이는 의심의 빛이 확고했다.

"그 사람 하나 소개시켜 주는 게 뭐 대단한 일이라고."

"어허! 이 사람, 세상물정을 몰라도 너무 모르는구만.

그 사람 하나가 앞으로의 인생을 달리 만들 수 있다는 걸 몰라? 원래 하고 나면 별것 아닌 일이 제일 중요한 거라니까. 그 간단한 일을 못해서 이 모양 이 꼴로 살고 있는 것 아냐!"

"크윽."

정곡을 찌르는 말이었다.

그게 간단한 일이라면 이미 진소아가 했겠지.

간단해 보여도 간단하지 않은 일이기에 지금까지 해결하지 못한 것이다.

"하지만 저는 드리고 싶어도 드릴 것이 없습니다. 사정을 빤히 보셨잖습니까?"

"당장 돈을 받자는 게 아니야."

"돈입니까?"

"……나도 모르게 본심이."

"돈 없다니까요."

위연호가 씨익 웃었다.

"걱정하지 마. 나도 뭐, 지금 당장 돈을 달라고 하는 건 아니니까. 나는 미래에 투자를 하는 것이니, 그 돈도 미래에 주면 되는 거야. 어디 보자, 대충 나중에 벌 돈의 절반? 그 정도만 주면 되겠는데?"

"사람 하나 소개시켜 주는 대가로 말입니까?"

"싫으면 말고."

진소아의 얼굴이 푸들푸들 떨렸다.

이 사람은 사기꾼이다. 누가 봐도 사기꾼이다. 그것도 사기 치는 법을 정식으로 수업 받은, 제대로 된 사기꾼의 기운이 물씬물씬 풍겼다.

'그런데도 뭔가 끌린단 말이지.'

진소아가 갈피를 못 잡자 위연호가 결정타를 먹였다.

"어차피 지금 바꾸지 않으면 넌 평생 그렇게 살게 될 거야."

쿠쿵!

진소아는 머릿속에서 천둥이 치는 것을 느꼈다.

뭘 고민하고 있단 말인가. 어차피 지금은 버는 돈도 없는 것을. 나중에 나눠 줄 만한 돈이 있다는 것만 해도 지금보다는 나아지는 것이었다.

"하겠습니다."

위연호가 씨익 웃으며 누운 채로 손을 뻗어 진소아의 손을 맞잡았다.

"그래야지."

"그러니 이제 말씀해 보십시오. 제게 소개시켜 준다는 사람이 누굽니까?"

"너도 잘 아는 사람일 텐데……."

"네?"

진소아가 멍한 얼굴로 고개를 갸웃했다.

＊　　＊　　＊

"네?"

하대붕은 멍청한 얼굴로 고개를 갸웃했다.

"그러니까…… 어사 어르신."

상인으로 살아온 인생이 무려 이십 년.

상인에게 가장 중요한 것을 논하라 하면 누군가는 신뢰라 할 것이고, 누군가는 신속이라 할 것이며, 누군가는 투자라 할 것이다.

하지만 하대붕은 그 긴 상인으로서의 삶 속에 다른 결론을 내린 사람이었다.

청음(淸音).

쉽게 말하면 말귀를 잘 알아들어 먹어야 한다는 소리다.

이리 꼬고 저리 꼬아서 자신들에게 이득이 되는 쪽으로 계약을 하려고 하는 놈들이 지천에 굴러다니는 상계에서 손해를 안 보고 살아남기 위해서는 어떻게든 말귀를 잘 알아먹고 말속에 숨겨져 있는 함정을 제대로 파악해야 한다.

그것이 지옥의 아귀들이 득실거리는 상계에서 살아남는 법이었다.

그렇기에 하대붕은 언제나 남의 말을 이해하려 노력하는 사람이었고, 지금까지는 어렵지 않게 그 수칙을 지켜올 수 있었다.

그런데 지금 하대붕이 도무지 저쪽에서 하는 말을 이해하지 못하고 고개를 갸웃하고 있었다.

"무슨 말씀이신지 다시 한 번 설명해 주실 수 없겠습니까?"

그러자 의자에 거의 녹듯이 누워 있는 위연호가 짜증 나 미치겠다는 얼굴이 되었다.

'그럼 말을 처음부터 좀 잘 알아먹게 해보든가.'

아침부터 찾아와서 사람 속을 뒤집어놓더니 알 수도 없는 말을 마구마구 늘어놓지를 않나, 그걸 못 알아먹었다고 짜증을 내지를 않나.

어사만 아니면 그냥 확!

하지만 눈앞에 있는 사람이 누구던가.

어사대의 상징이 새겨진 금검을 가지고 다니는 사람이다. 아무리 어사가 중요한 지위라고는 하나 그런 금검을 어사들마다 징표로 수여하다가는 나라 곳간에 먼지만 돌아다닐 것이고, 황제가 강제로 체중 조절에 들어가야 하는 사태가 벌어지고도 남을 것이다.

그러니 눈앞의 이 어린놈은 어사대에서도 꽤나 높은 지위에 있는 것이 틀림없었다.

'황족일까?'

어머니 뱃속에서부터 글을 배우고 열 살에 장원급제를

했다 해도 이 나이에 얻을 수 있는 지위로는 과하다. 그럼 황족이 아니고서야 불가능한 일이었다.

황족이 아니라 해도 비등한 지위에는 올라 있을 것이다. 하대붕은 자신의 주제를 잘 아는 자고, 황족일 것이라 의심되는 어사에게 소리를 지르는 것보단 절벽에서 뛰어내리는 것이 쉽게 죽는 법이라는 것을 아는 자였다.

"헤헤, 제가 말귀가 좀 어두워서."

"그런 것 같네요."

"……."

하대붕은 상인으로서 겪을 수 있는 최대한의 치욕을 감내하며 만면에 웃음을 띠었다.

'더러우면 성공해야지.'

만고불변의 진리를 속으로 다시 새기며 하대붕이 위연호의 옆에 있는 작은 아이를 바라보았다.

'저건 또 뭐야?'

아직 솜털도 안 빠진 어린아이를 데리고 온 이유도 도통 모르겠다. 입고 있는 옷은 의원복인 듯한데, 저런 어린애에게 의원복이라니.

게다가 저 안절부절못하는 얼굴은 뭐란 말인가.

'이해를 못하겠네, 이해를 못하겠어.'

하대붕은 이해를 포기하고 솔직하게 물었다.

"다시 한 번 말씀해 주실 수 있겠습니까?"

"끙."

위연호가 앓는 소리를 내고는 말을 이었다.

"그러니까, 여기 있는 애가 성수장의 적자라고."

"성수장이요?"

하대붕의 머리가 자동으로 계산을 시작했다.

"그…… 원래는 명문이고 돈도 많았으나 이제는 피죽 끓여 먹을 돈도 없는 주제에 환자 보겠다고 설친다는 그 성수장 말입니까?"

푹.

진소아의 고개가 다시 직각으로 떨어졌다.

"사람 앞에 두고 말이 심하네."

"아, 죄송합니다. 객관적인 평가라."

"맞긴 하지."

푹.

진소아의 고개가 더 아래로 떨어졌다. 저러다 목이 부러지지는 않을까 걱정이 될 정도였다.

"그래서 성수장의 적자인 것은 알겠는데, 여기는 무슨 일로?"

말을 하던 하대붕의 얼굴이 어두워졌다.

"혹시나 이 청년에게 신용 대출을 해달라고 하시는 거라면 절대로 안 됩니다. 아무리 어사 어르신의 부탁이라고 하더라도 그건 해드릴 수 없습니다."

"진짜?"

"회수할 수 없는 빚을 떠안는 것은 상인으로서 망하겠다는 선언이나 다름없습니다. 제 목에 칼이 들어와도 그건 해드릴 수 없습니다. 성수장에 돈을 빌려주느니, 차라리 개방에 돈을 빌려주겠습니다."

"……거지새끼보다 못한 평가인 건가."

"거지는 동냥이라도 하죠."

푹.

진소아의 고개가 더욱 떨어졌다.

"야, 목 부러진다."

"죄송합니다."

뭐가 죄송한지는 모르겠지만, 진소아는 죄송하다는 연발했다.

"채무자의 전형적인 반응이군요. 돈 빌린 데도 없을 텐데. 쯧쯧, 가엾게도."

안타까운 것은 안타까운 것이지만, 돈은 동정심으로 거래하는 것이 아니었다.

"여튼 뭐, 그런 것 때문에 온 건 아니고……."

"예."

"투자 좀 해봐."

"……네?"

"투. 자."

하대붕의 얼굴이 썩어가기 시작했다.

투자라니.

합법적으로 서류 좋게 꾸민 채로 돈을 내놓으라는 말과
뭐가 다른가.

"……곤란합니다, 어사 어르신."

"왜?"

"차라리 그냥 일정 금액을 융통해 달라고 하시면 제가
그냥 드리겠습니다. 하지만 투자라는 이름으로 돈을 빌려주
었다가 회수하지 못하게 되면 제 이름에 먹칠을 하게 되는
것이고, 상인으로서 제 신뢰가 땅에 떨어지게 됩니다."

"회수하면 되잖아."

"무슨 수로요?"

하대붕의 입은 위연호에게로 향했지만, 눈은 진소아에게
로 향했다.

꼴을 보아하니 저 어린놈에게 돈을 빌려주라는 말 같은
데, 저 놈에게 돈을 빌려줘서 무슨 수로 돈을 회수하라는
말인가.

어림도 없는 소리였다.

"쯧쯧, 이래서야."

위연호가 고개를 휘휘 저었다.

불만 가득한 얼굴의 위연호가 노려보자 하대붕은 찔끔하
여 고개를 숙였다.

"저기요, 아저씨."

"총각입니다."

"네? 연세가?"

하대붕이 울컥하여 소리쳤다.

"나이가 무슨 상관입니까! 장가 안 갔으면 총각이지!"

"왜 성질을 부리고 그래요."

"죄송합니다. 민감한 부분이라……."

위연호는 다 이해한다는 얼굴로 고개를 끄덕였다.

"여튼 간에 지금 아저씨가 그러고 있으니까 이 작은 지부의 지부장이나 하고 있는 것 아니에요."

하대붕의 얼굴이 푸들푸들 떨렸다.

작은 지부의 지부장?

은하전장 호북 지부의 지부장이라고 하면 상계에서도 무시할 수 없는 위치였다. 그런 자리를 보고 작은 자리라고?

아무리 상계를 모른다고 해도 그렇지, 생각이 조금이라도 있으면 할 수 없는 말이었다.

"모르셔서 그러시는 것 같은데, 저 정도면 그래도 상계에서는 제법 알아주는 자리에 있는 사람입니다."

"그래봤자 월급쟁이지."

"……지금 월급쟁이 무시하시는 겁니까?"

세상에 달돈 받고 일하는 사람이 얼마나 많은데!

"그 경륜에, 그 수완에, 남의 돈이나 받고 일하는 것도 우습지 않아요? 서민들 피 빨아먹는 것 보니까 그 돈으로 장사라도 했으면 아마 큰돈 벌었을 것 같은데?"

하대붕은 대답 없이 입을 꾹 닫았다.

최근 가장 그를 고민하게 만드는 일이었다.

하북이나 개봉, 낙양 등 대도시에 있는 지부들에 뒤지지 않는 돈을 벌어다 주고 있건만, 그의 지위는 그들만 못했다. 게다가 아무리 열심히 일을 해도 그렇게 번 돈이 모조리 상단의 배를 불릴 뿐, 그의 월급은 크게 오르지 않는다는 것 역시 불만이었다.

"봐요. 얘 보여요?"

"저도 눈이 있으니까요."

"뭘로 보여요?"

"얼치기 의원 애송이?"

위연호가 고개를 단호히 저었다.

"아뇨. 돈 덩어리예요."

"어사 어르신."

위연호가 눈을 빛내며 말했다.

"끝까지 들어요."

"예."

위연호가 손을 들어 진소아를 가리켰다.

"물론 얘가 아는 것도 없어 보이고, 어설프게 보이고, 실제로 생긴 것도 없어 보이기는 하지만……."

"······그래 보여요?"

진소아는 깊은 상처를 받았다는 얼굴로 고개를 푹 숙였다.

"물론 좀 그래 보이기는 하지만!"

하지만 위연호는 가차 없었다.

"따지고 보면 얘는 누대를 이어온 성수의가의 적자이자, 어린 나이에 의술의 경지에 오른 신동이자, 그동안 제 몸을 돌보지 않고 돈도 받지 않고 환자들을 위해 애써온 진정한 의원이란 말이죠."

"그것참, 좋은 일이군요."

하대붕이 뿌루퉁하게 입을 내밀었다.

참 좋은 일이기는 하지만 하대붕과는 관계가 없었다. 그는 돈을 벌려는 것이지, 자선사업을 하려는 것이 아니니까.

"그리고 아저씨는······."

"총각입니다."

중요한 말들이 오고 가는 와중에도 하대붕은 민감한 단어를 놓치지 않았다.

"수십 년 동안 상계에 몸을 담으면서 없는 애들 돈을 쪽쪽 빨아먹는 데 이골이 난 사람이라는 말이죠. 천하를 다 뒤져 봐도 아저씨처럼 독한 사람은 흔치 않을 거예요. 그건 내가 보증하죠."

"······칭찬 감사드립니다."

칭찬인지 욕인지는 알 수 없지만, 확실히 틀린 말은 아니었다. 상계의 동료 사이에도 인면수심의 독종으로 통하는 그였으니까.

위연호가 두 사람을 동시에 가리켰다.

"따로따로 보면 쓰레기들이지만……."

"거, 말이 심하시네."

"같이 모아놓고 보면 조합이 끝내준다는 말이죠."

"네?"

하대붕이 고개를 갸웃했다.

조합이 끝내준다니, 그게 무슨 말인가.

"생각을 해보세요. 아저씨가 성수장을 맡아서 운영했다면 지금 꼴이 났겠어요?"

"그럴 리가요."

하대붕은 격렬하게 고개를 저었다.

성수장이라는 이름이 가지고 있는 힘은 무시할 게 못 된다. 아니, 정확하게 말하자면 그 이름이 가지는 힘은 어마어마하다고 할 수 있다.

호북으로 한정한다면 의가가 성수장이고, 성수장이 곧 의가였다. 천하를 두고 말한다 해도 열 손가락 안에는 충분히 들 수 있는 인지도를 가진 곳이 바로 성수장이다.

웬만해서는 그런 곳을 말아먹을 수가 없다. 대충만 굴려도 돈이 하늘에서 쏟아지는 기분일 것이다.

"이쪽은 의술이 있지만 운영 능력이 없어요. 운영 능력이 뭐라고 할까, 거의 뭐…… 음, 그 뭐라고 할까, 그……."

"……그 정도면 충분합니다."

진소아가 차마 뒤에 나올 말을 듣지 못하고 위연호의 입을 만류했다.

이미 상처는 충분히 받았다. 더는 사양이다.

"하지만 대신에 의술과 인지도가 있죠. 거기에 아저씨의 운영 능력이 합쳐진다면?"

하대붕의 눈썹이 꿈틀대기 시작했다.

위연호의 말에서 돈 냄새가 나기 시작했다.

"확실히……."

정확하게 개념은 잡을 수 없지만, 이건 분명 돈이 된다. 그런 냄새도 맡지 못한다면 상인으로 먹고살 수가 없다.

"돈이 되는 이야기군요."

하대붕의 얼굴이 진지해졌다.

순식간의 상인의 얼굴이 된 하대붕이 위연호와 눈을 맞추었다.

"어사 어르신께서 하시는 말씀이 무엇인지는 알겠습니다."

"역시."

위연호는 누운 그대로 고개를 끄덕였다.

하대붕이라면 말을 알아들을 것이라고 생각했더니, 역시
나 척하면 착이라고 제대로 말을 알아듣지 않는가.

하대붕이 만면에 미소를 띠고 말했다.

"그래서 자본은 어떻습니까?"

"자본요?"

"네. 초기 투자금이지요. 그것만 있으면 그림이 나올 것
같은데요."

위연호가 당연하다는 듯 고개를 끄덕이며 말했다.

"없는데요."

"……네?"

"그거야 아저씨가 내야죠."

"제가요?"

"예."

한 점 의혹 없이 웃고 있는 위연호를 보며 하대붕 역시
흐뭇하게 웃고 말았다.

"만나서 반가웠습니다. 배웅 안 합니다."

그리고 여지는 사라졌다.

"아니, 왜!"

"말이 되는 소리를 해야죠! 어디 절 사기 쳐 먹으려고!"

"잘 생각해 보면 좋은 기회라니까?"

"네. 안타깝게도 저는 그 좋은 기회와 함께할 수 없을
것 같으니, 어디 가서 그 좋은 기회를 함께할 호구를 찾아

보시죠."

하대붕은 단호했다.

"크윽."

위연호는 안타까움에 몸을 떨었다. 역시나 상계에서 굴러먹던 자답게 호락호락하지 않았다.

"음, 그럼……."

뭔가 대책을 내놓으려던 위연호가 한없이 늘어지기 시작했다.

"귀찮다."

이만큼의 노력을 했다는 것만으로도 위연호로서는 최대한의 노력을 한 것이나 마찬가지였다. 여기까지 제 발로 걸어온 게 벌써 두 번이다.

얼마나 부지런했는지 일 년 치 운동을 다 한 느낌이었다.

그리고 정작 진소아는 어안이 벙벙했다.

물론 위연호를 끌고 온 것은 진소아였다.

그럼 결국 진소아가 일을 벌인 게 아닌가 하는 사람이 있겠지만, 진소아 입장에서는 억울하기 짝이 없는 평가였다. 사람을 소개해 주겠다던 사람이 방 안에 눌어붙어서는 '내일 가자'를 일주일째 반복하고 있으니 누군들 속이 뒤집히지 않겠는가.

차라리 그냥 소개해 줄 사람이 없다고 했으면 답답하지라도 않을 것인데, 호언장담을 하는 사람이 막상 움직이지는 않고 있으니 지켜보고 있는 것만으로도 심력이 소모되는 기분이었다.

그래서 결국 진소아가 난리를 쳐 위연호를 끌고 나왔다. 거의 업다시피 해서 도착한 곳이 전장이었을 때는 얼마나 황당했던가.

의심의 눈초리로 자신을 바라보는 진소아에게 위연호가 한 말이 더 당황스러웠다.

'숨어 있는 기인?'

대체 어느 기인이 전장에 숨어 있단 말인가.

게다가 하대붕이라니!

호북의 피 거머리 하대붕이 숨어 있는 기인이라니!

거지도 하대붕을 보면 도망간다는, 돈에 미친놈을 기인 이랍시고 소개해 주는 놈이나, 그놈을 따라 이곳에 서 있는 놈이나.

'내가 미쳤지.'

믿을 놈이 따로 있지.

하나를 보면 열을 안다고, 진즉에 판을 깨버렸어야 하는데 무슨 미련이 남아서 아직 여기서 이러고 있단 말인가.

"저, 그러지 마시고……."

"아저씨, 그러지 말고 생각을 좀 해보세요."

"저는 더 이상 생각할 게 없습니다."

"우선 제 말을 좀……."

"아저씨, 그러지 말고 잘 생각을 해보라니까 그러시네."

"일 없습니다."

"아니, 제 말을……."

"아저씨, 자꾸 이러실거예요?"

"글쎄, 저는!"

진소아는 결국 폭발하고 말았다.

"으아아아! 저도 말 좀 합시다!"

진소아가 꽥! 소리를 지르자 위연호가 휘둥그레진 눈으로 진소아를 보며 말했다.

"음마? 쟤 성깔 있네."

"……어린 친구가 어른들 말씀하시는데!"

언제 다퉜냐는 듯 연합으로 들어오는 공격에 진소아는 눈물을 삼켰다.

"저는 딱히 저분과 함께해 보고 싶은 생각이 없는데요?"

"헐?"

위연호가 입을 쩌억 벌렸다.

"야, 너 정신 차려야 돼."

"네?"

"너는 지금 선택하는 게 아냐. 이쪽에서 받아줄까를 고민해야 하는 거지. 니가 뭘 그리 대단한 걸 했다고 선택을 해, 선택을?"

"……제가 뭘 그리 잘못했습니까?"

"돈 없는 게 죄지."

그리 말하면 할 말은 없었다.

꿀 먹은 벙어리가 된 진소아가 머뭇거리다가 그래도 이건 아니라고 생각했는지 슬그머니 입을 열었다.

"저…… 아무리 그래도 저희 가문이 그동안 쌓아온 명성이 있는데, 고리대금업자랑 같이 일을 한다는 것은……."

하대붕이 도끼눈을 뜨고 노려보자 진소아가 찔끔하여 어깨를 움츠렸다.

"고리대금업자? 고리대금이 뭐 어때서! 니들은 있는 돈도 날려 먹는 것들이 뭘 그리 잘났다고 어깨에 힘주고 다녀! 나는 적어도 돈 불릴 줄이라도 알지!"

그것도 그리 말하면 할 말은 없지만…….

진소아가 입술을 질끈 깨물었다.

"하나 우리에게는 인술을 펼쳤다는 자부심이 있습니다. 돈? 물론 중요하죠. 하지만 돈 때문에 사람들을 괴롭히고 싶지는 않습니다!"

"누가 사람 괴롭히랬냐?"

"……네?"

위연호가 심드렁하게 말했다.

"너는 그냥 치료만 하면 돼. 돈은 이 아저씨가 번다."

진소아는 멍하니 위연호를 바라보았다.

"어차피 이리 일하나 저리 일하나 똑같이 일하는 거야.

같은 일을 하고 떼돈 벌 것인가, 아니면 같은 일을 하고 망할 것인가는 너한테 달렸지."

"하나 저희 가문의 명예가……."

위연호가 같잖다는 듯 피식 웃었다.

"어이, 진씨."

위연호의 말투에 짜증과 한심함이 묻어났다.

"아니, 그 잘난 가문은 땅 파서 명성을 쌓으셨나? 그 대단한 명성이 다 어디서 왔겠어? 지금 너희가 하는 것처럼 다 퍼줬으면 그놈의 성수장이라는 이름이 십 년은 갔을 것 같아? 다른 데서 돈 벌어서 환자한테 썼나?"

"……그건 아니죠."

"그럼 어차피 니가 자랑스러워하는 그 조상님들도 다 환자 치료하고 돈 받아서 가문 세운 거 아냐? 원래 있었다던 전각을 보니 으리으리하드만. 그게 다 네가 끔찍이 아끼는 환자들 돈 받아서 세운 거 아냐?"

진소아는 혼란에 빠졌다.

확실히 말을 듣고 보니 그 말이 맞다. 어디 가서 산삼을 캐서 따로 팔아먹고 살지 않은 이상 환자들을 치료하면서 재산을 불렸다는 뜻이니까.

"그, 그게 그리되나요?"

위연호는 몰랐냐는 듯 말했다.

"애초에 니가 그 가문에 자부심을 가지는 것도 천하에

유명한 의가로 성공했다는 것 때문 아냐?"

"그, 그렇죠?"

"그럼 돈을 벌어야지. 전각도 새로 짓고 으리으리하게 살아야 사람들이 '아, 저 집은 성공했구나' 할 거 아냐. 지금처럼 백 년 산다고 누가 알아줘?"

"……."

"내가 알기로는 천하 몇 대 의가니 하는 애들 전부 다 부자 아냐?"

진소아가 머뭇대자 하대붕이 친절히 답을 해주었다.

"어마어마한 부자들입니다. 의원질만큼 돈 벌기 좋은 것도 없죠. 목숨이 걸렸는데 돈을 아끼겠습니까?"

"거봐."

"아……."

진소아는 자신이 알던 세계가 무너지는 느낌을 받았다.

'의술은 인술이 아닌가?'

그런데 그가 존경하고 그리되고 싶다 생각했던 의가들이 다들 환자를 통해 돈을 벌고 있고, 그들의 조상들도 똑같이 살아왔다는 것이 그가 가진 정체성을 무너뜨리고 있었다.

"야, 원래 직업이라는 건 돈 벌려고 하는 거잖아. 뭘 그리 생각해?"

"그럼 지금까지 제가 해온 것들은 다 뭡니까?"

"뭐긴 뭐야."

위연호가 코를 후비고는 대답했다.

"뻘짓한 거지."

진소아가 마침내 바닥에 주저앉았다.

*　　*　　*

"이 녀석이 어딜 갔지?"

진예란은 기분이 영 좋지 않았다. 한창 의서를 들여다봐야 할 시간이건만, 진소아가 보이지 않는 것이다.

다행히 회진을 돌아야 할 시간은 아니라 환자들을 보는데는 무리가 없지만, 의서를 보는 시간 역시 의원으로서는 무척이나 중요한 시간이었다.

더구나 진소아는 한창 자랄 나이.

이때의 배움이 평생을 좌우한다는 것을 생각하면 좌시할 수 없는 일이었다.

"이럴 아이가 아닌데……."

진소아가 누구던가.

집안이 멀쩡할 때만 해도 신동이라 호북에 이름이 자자하던 아이였다.

아버지나 어머니나 집안을 크게 부흥시킬 인재가 나왔다며 기꺼워하던 아이가 아닌가. 가세가 기운 이후에도 싫은 소리 한 번 하지 않고 환자와 의술에 매진하던 믿음직한 동생이었다.

그런 아이가 공부를 빼먹다니.

이제까지 단 한 번도 없던 일이다 보니 더 신경이 쓰인다. 진예란은 손을 들어 목에 걸린 백은옥 목걸이를 어루만졌다.

'어머니.'

부모님이 안 계신 이상 진소아가 바르게 자라는가는 모두가 그녀에게 달린 일이었다. 그렇기에 지금까지 무슨 일이 있더라도 진소아만큼은 훌륭한 의원이 될 수 있도록 최선을 다해온 진예란이다.

어쩌면 지금 이 순간이 진소아가 어긋나기 시작하는 기점일 수도 있다는 생각에 진예란은 입술을 꼭 깨물었다.

"정신 바짝 차려야 해."

진예란은 진소아가 집에 돌아온다면 어째서 공부를 빼먹었는지를 확인한 후, 호되게 경을 쳐야겠다고 다짐했다. 이러한 것 하나하나를 방치하다 보면 애가 어긋나는 것은 순식간이다.

그때, 대문 쪽이 소란스러워지기 시작했다.

"거, 밥도 준다 그랬는데 하루 자고 오면 되지!"

"해야 할 일이 있다 하지 않았습니까!"

"그럼 너만 가면 되잖아, 너만 가면! 왜 나까지 끌고 오는 거냐고!"

"같이 갔으면 같이 와야죠! 상의를 해준다고 하지 않았습니까!"

"아오, 귀찮아 죽겠네!"

진예란이 문을 벌컥 열었다.

"웬 소란이냐!"

대문 쪽을 보니 진소아가 위연호를 반쯤 질질 끌다시피 하며 안으로 들어오고 있었다.

"손님께 그 무슨 무례냐?"

"누님, 그게 아니라……."

"그 손부터 놓지 못하겠느냐?"

"예."

진소아가 뾰루퉁한 얼굴로 손을 놓자 위연호는 고소하다는 듯 느물느물한 표정으로 바라보았다.

"선친의 객을 그런 식으로 대하다니, 네가 정신이 있는 녀석이냐!"

"죄송합니다."

진소아가 고개를 푹 숙이자, 진예란이 마당으로 내려가 위연호에게 고개를 숙였다.

"동생이 결례를 범했습니다. 원래 그런 아이가 아니니, 용서해 주시길 바랍니다."

"제가 형인데, 넓은 마음으로 이해해야죠."

꿈틀.

진소아의 안면 근육이 요동치기 시작했다.

형?

말이야 맞는 말이다.

말이야 맞는 말이지…….

그런데 나이가 형이면 나잇값을 해야 할 것 아닌가.

입 밖으로 꺼냈다가는 경을 칠게 빤하니, 속으로 앓을 수밖에 없었다.

"내 욕먹을 줄 알았다."

그냥 지르고 경을 칠까?

그러면 속병은 안 들 것 같다는 생각에 진소아가 심각하게 고민하기 시작했다.

"아이와 따로 나눌 말이 있으니, 송구하지만 자리를 피해주실 수 있겠습니까?"

"그럼 전 들어갈게요."

"식사는 하셨는지요?"

"못 먹었어요."

"식사 준비를 하겠습니다."

"네, 고마워요."

위연호가 고개를 끄덕이고 방으로 들어가자 진예란은 눈을 흘기며 진소아를 바라보았다. 그 날카로운 눈빛에 진소아가 찔끔하여 고개를 숙였다.

"무슨 일이 있어서 학문을 게을리한 것이냐?"

"······죄송합니다."

"네 무슨 일을 하고 다니든 의술에 방해되지 않는다면 나무랄 생각은 없다. 하지만 지금은 나와 약속한 공부 시간이 아니더냐. 네게 공부보다 더 중요한 일이 있더냐?"

"없습니다."

"그런데 어째서 공부를 빼먹었느냐?"

'그야 저 인간 때문이지요.'

할 말은 너무도 많지만, 변명을 할 수는 없었다. 그의 누이가 변명을 듣는 것을 싫어하는 성격이라는 것은 그동안의 경험으로 너무도 잘 아는 사실이었다.

"죄송합니다."

그러니 할 말이라고는 하나밖에 없었다.

"진료를 잘못하는 순간, 환자의 목숨이 위험하다. 너는 진료를 잘못해 놓고도 죄송하다는 말을 하겠느냐?"

진소아는 숨이 막혀오는 것을 느꼈다. 그의 누이가 이런 식으로 말을 할 때마다 변명의 여지가 사라진다.

"아뇨. 그래서는 안 됩니다."

"그래, 알고 있구나. 그러니 벌을 받아야겠지?"

"예."

"네 방으로 들어가서 의제내경을 열 번 쓰거라. 그 일이 끝나기 전에는 방에서 나와서는 안 된다."

"······알겠습니다."

어깨를 축 늘어뜨리고 방으로 들어가는 진소아의 뒷모습을 보며 위연호는 혀를 찼다.

'애를 잡네, 잡아.'

의원이라는 곳이 사람의 목숨이 달린 곳이니만큼 사소한 잘못에도 엄해진다는 것은 알고 있지만, 이건 정도가 좀 심한 듯했다.

"뭐, 나랑은 관계없으니까."

위연호는 문을 닫고 돌아누웠다. 진소아가 불쌍하기는 하지만, 그가 간섭할 일은 아니었다.

하지만 위연호는 곧 그 생각이 틀렸다는 것을 알 수 있게 되었다.

관계라는 것은 처음부터 정해진 것이 아니라 만들어져 나가는 것이라는 것을 너무 늦게 깨달은 위연호였다.

22장

선자불래(善者不來)

위연호는 마음껏 늘어졌다.

쨋쨋대는 진소아가 방 안에 갇히다 보니 성수장에서 위연호에게 잔소리를 늘어놓을 사람이 사라졌다.

밥을 가져다주는 일을 하인들이 대신 하게 된 이후부터 작은 눈치도 볼 필요가 없어진 위연호는 아무런 거리낌 없이 평온함을 누리는 중이었다.

보는 사람마다 사람 같지 않게 게으름을 피운다고 비난받고 치욕을 당하는 위연호지만, 따지고 보면 그의 생애에서 지금처럼 제대로 게으름을 피워본 적은 없었다.

언제나 잔소리를 하는 사람이 있었고, 언제나 욕을 하는 사람이 있었다.

집에서는 어머니가 있었고, 자란 이후로는 수련이가 잔소리를 해 댔다. 학관에 들어가기 전의 형은 저승사자나 다름없는 존재였고, 태어나 처음 본 것 같은 아저씨, 아니, 아버지는 그가 침대에 등을 붙이고 있으면 죽는 줄 아는 사람이었다.

동굴에 들어갔을 때야 말하면 입만 아프고, 한림대학관에서도 그를 못 잡아먹어서 안달이던 성격 나쁜 여자가 있지 않았던가.

따져 본다면 그는 지금 일생에 다시없을 호사를 누리는 중이었다.

'그런데 왜 이리 이상한 기분이지?'

원래라면 좋아서 날뛰어야 할 상황이겠지만, 막상 그 상황에 처하자 미묘한 위화감을 느끼는 위연호였다.

자다가 눈을 뜨면 밥을 먹고 나서 자다가, 다시 눈을 뜨면 밥을 먹는 것의 반복이었다.

'이건 사육 아닌가?'

심각한 의문이 시작되었다.

이것이 대체 우리 속의 돼지와 뭐가 다르단 말인가.

인간이 인간으로서 존재하기 위해 가장 중요한 것이 존엄성이라고 했을 때, 지금 위연호에게 과연 인간으로서의 존엄성이 존재하는가 하는 근본적인 의문이 들기 시작했다.

"식사 왔습니다."

문밖에서 들리는 소리에 위연호가 힘겹게 몸을 일으켰다.

힘겹게라니.

그는 광검 백무한의 제자다.

마음만 먹으면 검 한 자루로 이 집을 무너뜨릴 수도 있는, 고절한 무학을 몸에 지닌 무인이란 말이다.

그런데 방바닥에서 일어나는 게 힘들다니!

위연호는 고개를 절레절레 저었다. 사람이란 적응의 동물이라더니, 침상에 너무 파묻혀 있다 보니 몸이 적응한 모양이었다.

문이 열리고 이어 커다란 밥상이 안으로 들어왔다.

위연호는 밥상 위의 음식들을 보면서 몸을 떨었다.

이젠 좀 적당히 차릴 때도 되지 않았는가.

첫날에 비해 그다지 달라진 것도 없는 상차림.

돈도 없는 집안에서 자꾸 저런 진수성찬을 차려 내오는 걸 보고 있자니 속이 좋지 않았다. 그동안 좋은 대접을 갈취하거나 협상을 통해 얻어낸 적은 있어도 이런 자발적인 대우를 받아본 적은 없는 위연호였다.

게다가 그 자발적 우대의 원인이 문유환이 써준 서찰 한 장이라는 것이 그를 민망하게 만들고 있었다.

말이야 바른말이지, 문유환의 소개장이 없었다면 그가 언감생심 이런 대접을 받을 꿈이나 꾸겠는가.

"식사하십시오."

하인이 밥상을 놓고 나가자 위연호는 민망한 얼굴을 지우고는 수저를 들었다.

"흐음……."

민망하고 찜찜하기는 하지만, 먹고 죽은 귀신이 때깔도 곱다고 했으니 일단은 먹어야지.

"영양이 부족해."

밥도 못 먹고 산 게 무려 오 년이었다.

천성적으로 식탐이 많은 편이 아니라서 그렇지, 다른 사람들 같으면 밥만 보면 환장을 했을 것이다.

과거라면 잠을 자는 와중에 밥상이 들어온다 해도 일어나서 밥을 먹기보다는 한 시진이라도 더 자는 걸 선호하던 위연호지만, 이제는 밥상부터 찾는 것을 보니 동굴에서의 생활이 위연호의 게으름을 조금 고치기는 한 모양이었다.

"먹자!"

위연호는 냉큼 오리 구이의 다리 한 쪽을 뜯어냈다.

"이건 이걸로 됐고."

앞에 놓인 접시 위로 먹을 만큼의 음식을 정갈하게 덜어 낸 위연호가 접시를 바닥에 내려놓더니, 문을 열고 밥상을 밖으로 냈다.

"다 먹었어요."

"벌써 말입니까?"

밥상을 들여놓았던 하인이 쪼르르 달려와 묻자 위연호는 두말없이 고개를 끄덕였다.

"그럼 상 가져가겠습니다요."

"예, 그러세요."

위연호는 상을 물리고는 다시 방 안으로 들어와 문을 닫고 접시를 들었다.

"이게 속 편하지."

위연호가 남긴 음식을 먹는 사람들이 있다는 것을 알고 나서부터는 밥을 최대한 깨끗하고 적게 먹으려 노력하는 위연호였다. 식탐은 좀 생긴 편이지만 배만 적당히 부르면 되지, 음식 자체에 집착하지는 않았다.

대충 접시에 있는 음식을 비운 위연호는 배를 잡고 거하게 트림을 하고는 다시 주섬주섬 이불을 주워 들고 누웠다.

"아이고, 살찌겠다."

백무한의 혹독한 수련 덕분에 언제나 최상의 육체를 자체적으로 유지하게 된 위연호지만, 이런 먹고 자는 생활이 반복되다 보면 또 모를 일이었다.

살이 뒤룩뒤룩 쪄서 바닥을 굴러다니는 자신의 모습을 상상한 위연호가 고개를 끄덕였다.

"나쁘지 않은데?"

일단은 푹신할 것 같다.

남이 보는 외모가 무슨 상관인가, 본인만 편하면 되지.

녹목풍급으로 움직이기도 힘들 정도라면 모르겠지만, 그게 아니라면 본인이 편한 게 제일이었다.

배가 부르고 등이 따시니 잠이 솔솔 오는 것이야 당연한 이치였다.

잠에 솔솔 빠져들던 위연호의 귓가로 큰 소리가 들려오지 않았다면 말이다.

"……오라고 했지!"

"깜짝이야!"

반쯤 잠에 빠져들던 위연호가 방문을 뚫고 들어오는 커다란 목소리에 화들짝 놀라서 깼다.

"뭐, 뭐야?"

의가다 보니 큰 소리가 나는 것은 흔한 일이었다. 급한 환자가 실려 오기라도 하는 날이면 시장 바닥을 방불케 하는 것이 의가였으니 말이다.

커다란 의원들의 목소리와 환자를 살려내라 악을 쓰는 보호자들의 목소리가 합쳐지면, 그보다 더 시끄러울 수가 없었다.

지금까지도 여러 번 그런 소란이 있었지만, 지금과는 확실히 뭔가가 달랐다. 그런 일이었다면 위연호가 이리 쉽게 깨지는 않았을 것이다. 옆에서 전쟁이 벌어져도 자려고 마음을 먹으면 얼마든지 잘 수 있는 위연호였다.

'어떻게 할까?'

뭔가 일이 조금 급박하다는 느낌은 들었지만, 그렇다고 나가서 얼굴을 들이밀고 싶지는 않았다. 등짝에 달라붙은 요의 감촉이 푹신하기도 하고, 배를 덮고 있는 이불이 더없이 따뜻하기도 했다.

'일단은 내 일이 아니니까.'

무시하고 좀 더 잠을 자려는 위연호의 귓가로 자꾸 사람을 움찔하게 만드는 고음이 찔러져 들어왔다.

"나오라고 하지 않았나!"

말리기 위해 바닥에 깔아놓은 약재들이 사방으로 비산했다.

"왜, 왜 이러시는 거요!"

약재를 보러 나왔던 의원이 다짜고짜 뒤집어엎기 시작한 무뢰한들을 보며 놀라 소리쳤다.

"주인 나오라고 해!"

얼굴에 칼자국이 새겨져 험악한 인상의 사내가 의원을 윽박질렀다.

"주, 주인이라니요?"

"여기 주인 나오라고 하라고! 진예란이 어디 갔어?"

"진 소저는 왜 찾으시는지⋯⋯."

"이놈들이 장난하나!"

칼자국이 있는 사내가 두말없이 약재들을 짓밟기 시작

했다.

"어이쿠, 그게 어떤 약잰데! 아니 되오! 아니 된단 말이오!"

의원이 칼자국이 있는 사내를 잡고 매달리자 사내는 의원을 밀어내 버리고는 문들을 부수듯 걷어차며 소란을 피우기 시작했다.

"나와! 안 나와!"

"아이고, 이러시면 안 됩니다! 환자들이 요양을 취하고 있단 말입니다!"

"그건 내 알 바 아니고! 여기 가주 년 어디 갔냐고!"

사내가 난동을 부리기 시작하자 의원은 속수무책이었다. 환자만 치료해 오던 백면서생이 무슨 힘이 있어서 무뢰한을 막겠는가.

"무, 무슨 일입니까?"

소란을 들은 진소아가 방에서 뛰쳐나왔다가 무뢰한을 보고는 얼어붙었다.

"오호라, 네놈이 여기 있었군."

"허억!"

진소아가 헛바람을 집어삼켰다.

"왜, 왜 찾아온 거요?"

"왜?"

사내가 어이없다는 듯 웃더니, 손으로 자신의 가슴을 위협적으로 퉁퉁, 내려쳤다.

"왜긴 왜야! 돈 받으러 왔지!"

"……우리가 무슨 돈이 있다고."

"돈 없으면 남의 돈 떼먹고 입 닦아도 되나?"

진소아는 아무런 말을 하지 못했다.

"그 돈은 선친께서 진 빚이지 않소."

"부모가 빚을 졌으면 자식들이라도 갚는 게 당연한 것 아닌가!"

진소아가 사내의 소매를 붙들었다.

"일단 나가서 이야기하시지요. 환자들이 쉬고 있습니다."

"환자?"

사내가 툴툴거리며 웃었다.

"거, 갚을 돈도 없으면서 환자한테 퍼부을 돈은 있는 모양이지? 의원이라는 놈들이 양심도 없나? 남의 돈 떼먹고 남의 돈으로 착한 척 하는 걸 보니 배알이 꼴려서 못 참겠는데?"

"그, 그런 게 아닌 걸 아시지 않습니까."

"아니긴 뭘 아니야! 그럼 니들이 쓰고 있는 돈은 누구 돈인데? 사정을 봐줬더니, 남의 돈으로 생색이나 내고 있어?"

진소아는 미치고 팔짝 뛸 지경이었다.

사정을 봐주다니.

아버지의 도박 빚을 갚으랍시고 전각을 몰수하고 곳간을 털어간 자가 누군데 이제 와 사정을 봐주었다는 말이나 하고 있는지, 속이 터질 노릇이었다.

역사와 전통을 자랑하던 성수장의 재산을 순식간에 다 털어가서 이런 곳으로 나앉게 해놓고는 이게 무슨 뻔뻔한 소리란 말인가.

"긴말 필요 없고, 돈 언제 갚을 거야?"

"돈이 있어야 갚을 거 아닙니까?"

"돈이 없어? 돈이 없는데 이 약재들은 다 어디서 난 건데?"

"그건 조금씩 모아서⋯⋯."

"조금씩 모았으면 돈부터 갚아야지, 쓸데없는 데다 돈을 쓰고 있어?"

"그런 게 아닙니다. 환자가 있어야 돈을 벌 것이 아닙니까. 약재가 없으면 어떻게 환자를 치료하라는 말입니까."

"오호라, 그러니까⋯⋯ 환자가 있어서 돈을 못 번다는 거로구만?"

"⋯⋯예?"

사내가 잔혹하게 웃었다.

"그럼 환자만 없으면 되겠군. 그렇지?"

"무, 무슨 소리를?"

"이런 소리지."

사내가 자신의 소매를 잡고 있는 진소아를 걷어찼다.

"어이쿠!"

진소아가 바닥을 굴렀다.

진소아를 걷어찬 사내가 성큼성큼 환자들의 방으로 가더니, 문을 열고 안에 있는 환자들을 끄집어내기 시작했다.

"나와! 여기 이제 장사 접었어. 나와!"

"왜, 왜 이러시오."

그나마 기력이 있는 환자들은 저항이라도 해보려고 했지만, 기력이 없는 환자들은 말도 하지 못하고 질질 끌려 나오고 말았다.

"그만두십시오! 환자들이란 말입니다."

"그러니까, 돈도 못 갚으면서 무슨 자선사업을 하고 있어. 저리 안 비켜!"

달려드는 진소아를 밀쳐 낸 사내가 눈앞에 보이는 또 하나의 문을 벌컥 열었다.

"당장 나……."

순간, 사내가 입을 닫았다.

방 안의 광경이 조금 이상하다.

지금까지 본 방은 모두가 붕대를 감고 있거나 어디 한 군데는 불편해 보이는 이들밖에 없었는데, 이 방에 누워 있는 놈은 상태가 멀쩡해도 너무 멀쩡해 보였다.

대낮에 이불을 깔고 누워 있는 꼴을 보니 분명히 어디가 아픈 것 같기는 한데, 마냥 그렇게 보기에는 얼굴에 줄줄 흐르는 개기름이 뭔가 편안함을 상징하는 것만 같고, 환자라고 하기에는 저 육체가 너무도 탄탄해 보였다.

"어……."

사내가 당혹스러워하는 동안 위연호의 눈이 서서히 떠졌다.

난데없는 소란에 위연호가 잠이 덜 깬 얼굴로 천천히 입을 열었다.

"뭐예요?"

사내는 말문이 막히는 것을 느꼈다.

자신이 누군가.

이 지역 흑도에서는 모르는 이가 없는 게 바로 사내였다.

뒷골목에서 웬만큼 목에 힘을 주고 다닌다는 사람도 흑웅(黑熊) 좌걸(左傑)이라 하면 꼬리를 말고 도망칠 정도의 흉포한 성격으로 유명했다.

웬만한 인간은 삼 년도 멀쩡히 살기 힘들다는 흑도에서 십 년이 넘게 버텨온 살아있는 흑도의 증인이 좌걸이 아닌가.

그런데 그가 이런 취급을 받다니.

그의 이름을 아는 이들이 들으면 기겁할 일이었다.

'이놈은 뭐지?'

딱히 뭔가가 껄끄러운 것은 아니었다.

이 감정을 정확하게 설명하자면, 껄끄럽다기보다는 '거슬린다' 가 맞을 것이다.

환자인 것 같기도 하고 환자가 아닌 것 같기도 한 인간을 보니 순간적으로 당황한 것뿐, 이런 허연 얼굴의 어린놈에게 그가 껄끄러움을 느끼는 건 말도 안 되는 일이었다.

좌결은 순간적으로 느낀 껄끄러움을 애써 무시하며 입을 열었다.

"네놈은 누구냐?"

"……위연혼데요?"

거기다가 이놈은 겁대가리도 상실한 것이 틀림없었다.

웬만한 장정들도 좌결의 덩치와 터질 듯한 근육, 그리고 얼굴을 가로지르고 있는 검상을 보면 오금이 저리기 마련이었다.

그런데 이놈은 장님인 건지, 아니면 간덩어리를 어디에 고이 묻어두고 다니는 건지 좌결을 보고도 전혀 동요가 없었다.

'뭔가 있는 놈인가?'

사람의 외모를 보고 겁을 먹지 않는 사람은 충분히 그 외모 뒤에 숨겨져 있을 포악성을 감당할 자신이 있는 이이거나, 아니면 정신머리가 빠진 사람밖에는 없었다.

"네놈이 누군지는 상관없다. 나와라. 이제 여기는 의가가 아니다."

"헐, 그래요?"

"그렇다."

위연호는 고개를 갸웃했다.

"왜요?"

"왜라니? 의가가 아니게 되었으니까 그렇지!"

"그거 참 안타까운 일이네요."

위연호는 그 말을 하고는 다시 머리를 베게에 붙였다.

그 황당한 꼴을 지켜본 좌걸이 기가 막혀 소리쳤다.

"어린놈이 귀가 막혔느냐! 이제 이곳은 환자를 받는 곳이 아니다, 이 말이다!"

"저 환자 아닌데요."

"응?"

좌걸이 멍하게 되물었다.

"환자 아니라고요."

"환자가 아니면 뭔데?"

"손님인데요."

"……손님?"

손님이라니.

이 망해 자빠진 의원에 손님이 찾아올 리가 있는가.

원래 되는 집안은 손님으로 몸살을 앓기 마련이지만, 망하는 집안에는 돈보다 찾기 힘든 것이 손님이었다.

그런데 뭔 놈의 손님.

그리고 대체 왜 손님이 환자들이 쉬어야 하는 방에 자리를 깔고 누워 있단 말인가.

도무지 이해할 수 없는 일이었다.

"손님이라고?"

잠을 방해 받아 화가 난 위연호의 얼굴이 씰룩였다.

세상은 참 이상한 것이, 가만히 자는 사람을 내버려 두지를 않는다. 어디를 가더라도 꼭 사람이 누워서 쉬는 것을 못마땅하게 여기는 사람이 하나쯤은 나타나기 마련이었다.

"아저씨, 귀가 좀 안 들리시나 봐요? 손님이라고 했는데요."

쪼잔하게 들었던 말을 그대로 돌려주는 위연호였다.

하지만 반응은 영 달랐다.

"뭐가 어째?"

어린놈에게 험한 말을 들어 화가 난 좌걸이 초가지붕이 들썩거리도록 소리쳤다.

"나와! 네 이놈, 내가 오늘 네놈의 버르장머리를 고쳐 주마!"

좌걸이 호통을 치면 일반적인 사람들은 찔끔하여 고개를 숙이거나 오금이 저리기 마련이었다. 험악한 얼굴과 터져 나오는 거대한 일갈은 굳이 손을 쓰지 않아도 대부분의 일을 좌걸의 뜻대로 움직일 수 있게 해주었다.

하지만 눈앞에 이놈은 일반적인 인간이 아니었다.

"꼭 나가야 하나요?"

"뭐라고?"

"꼭 밖에서 해야 하는 일이 아니면, 여기서 해도 될 것 같은데요. 굳이 귀찮게 밖으로 나갈 필요는 없잖아요. 바람도 찬데."

"……."

좌걸은 말문이 막혔다.

이놈은 대체 뭐하는 놈인가.

지금 그가 무슨 권유라도 하고 있는 줄 아는 건가?

"오냐, 너 거기 딱 있어라. 내가 들어가마!"

좌걸이 안으로 발을 들였다.

저 건방진 놈을 이불째로 들고 나와서 패대기쳐야 분이 좀 풀릴 것 같았다.

"잠깐만요."

좌걸은 자신도 모르게 멈춰 섰다.

"이제 와 빈다고 해도 늦었다, 이놈!"

"그게 아니라요."

"응?"

"저도 양심이라는 게 있는 사람이라서요."

좌걸의 얼굴이 멍해졌다.

이놈이 또 무슨 말을 하려고 이러는 건가.

"뒹굴대며 밥이나 얻어 처먹고 사는 주제에 방까지 어지럽히면 사람이 아니라 벌레 소리를 들어도 할 말이 없죠. 그러니까 괜찮으시면 신발이라도 좀 벗고 들어와 주시겠어요? 방 닦을 사람들이 고생할까 봐요."

"……."

위연호는 무척이나 예의가 발랐다.

"기분 나쁘셨다면 죄송해요. 그런데 아무리 그래도 사람이 지킬 건 지켜야죠. 안 그래요?"

좌걸은 심각하게 고민을 하기 시작했다.

이 어린놈의 새끼는 정말 제정신일까?

제정신이라면 최소한의 눈치라는 것이 있어야 할 텐데, 아까부터 하는 짓이 너무 이상하다.

그리고 보면 이 집구석에 손님이라는 것이 있다는 사실도 이상했다.

환자라고 해서 꼭 몸이 아파야 하는 건 아니니까.

좌걸은 의혹과 확신이 반쯤 섞인 목소리로 물었다.

"너…… 혹시 머리가 아프니?"

좌걸이 측은한 얼굴로 위연호를 바라보았다.

몸 아픈 놈들이야 어떻게든 낫는다 치지만, 저 어린놈이 벌써 정신이 나갔다면 돌이킬 수도 없다.

그리고 좌걸의 의혹은 점점 확신으로 변해갔다.

어쩐지 사지 멀쩡해 보이는 놈이 의가에 처 누워 있다 싶더라니……

"아닌데요."

"가엽게도……."

좌걸의 귀에는 이미 위연호의 변명은 들리지도 않았다. 미친놈이 본인더러 미쳤다고 하는 경우는 없으니까.

그러니 미친놈이 하는 말 따위는 들을 필요도 없는 것이다.

"아니라구요!"

"그래그래."

좌걸은 고개를 끄덕이고는 방 안으로 반쯤 밀어 넣었던 발을 슬그머니 뺐다.

그는 피도 눈물도 없는 사람이라 자부하지만, 미친놈과는 엮이고 싶지 않았다. 미친놈이 혀 빼물고 달려들면 얼마나 귀찮은 지는 이미 여러 번 겪어보았다.

게다가 아직 어려 보이는데 벌써 맛이 갔다고 생각하니, 좀 가엽기도 하고.

"그럼 쉬어라."

"응?"

끼익.

문이 닫히고 나자 위연호는 고개를 갸웃하기 시작했다.

이게 무슨 상황이지?

"나 동정 받은 건가?"

허탈함이 몰려오기 시작했다.

"뭐랄까……."

위연호는 잘 돌아가지 않는 머리를 짜낸 끝에 결론을 내릴 수 있었다.

"착한 아저씨네."

생긴 건 소도 생으로 뜯어먹게 생겼는데, 의외로 마음씨가 착하지 않은가. 이래서 사람은 겉모습으로 판단을 하면 안 되는 것이다.

위연호는 스르륵 눈을 감았다.

뭔가 시끌시끌한 것 같았지만, 그건 진소아가 알아서 할 문제다. 남의 일에 일일이 끼어들려면 귀찮음을 감수해야 한다는 것쯤은 세 살짜리 어린아이도 알 것이다.

위연호는 다시 깊은 잠으로 빠져들었다.

궁금하기는 한데 모든 것이 귀찮았다.

"별 희한한 놈 다 보겠네."

좌걸은 문을 닫고는 고개를 내저었다.

어린놈이 불쌍하기는 하지만, 그건 그가 신경 써줄 바가 아니었다.

저놈을 빼놓고 다른 사람이나 쫓아내면 그만이지. 저놈 하나 남는다고 의가가 돌아갈 리가 있나.

정신이 올바르지도 않은 놈이니 돈이 있을 리가 없다. 돈 있는 놈이 여기 와서 치료를 받을 리도 없고.

좌걸은 서슴없이 옆방의 문을 열어젖혔다.

"장사 끝났어! 나가!"

진소아가 그 광경을 보고 좌걸에게 달려들었다.

"그, 그만두지 못하겠습니까!"

"이 쥐새끼만 한 놈이 어디 사람한테 엉겨? 안 비켜!"

"어이쿠!"

좌걸이 거침없이 걷어차자 진소아가 바닥으로 나뒹굴었다.

"그, 그 방의 사람은 정말 위중하단 말이오. 그렇게 쫓아냈다가 사람이 죽기라도 하면 어쩔 셈입니까!"

"그렇게 남의 목숨 걱정하시는 분이 남의 돈은 왜 안 갚으실까? 야, 이놈의 새끼야! 여기도 그 돈 때문에 죽기 일보직전인 사람이 한둘인 줄 알아? 어디 남의 돈 떼먹은 놈들이 성인군자 행세야?"

"갚겠다 하지 않았습니까! 하지만 지금 당장 돈이 없는 것을 어쩌란 말입니까!"

"나도 돈을 받아야 하는데 돈이 없다고 하니 어쩌겠냐? 나 좀 이해해 주지 않으련?"

좌걸은 씨익 웃음 짓는 것으로 진소아를 비웃고는 다시 환자들을 끌어내기 시작했다.

"이익!"

진소아는 침착함을 되찾았다.

'달려든다고 해결될 문제가 아니다.'

작정하고 온 사람에게 인정으로 호소한다고 해서 달라질 것은 없었다. 침착하고 냉정하게 지금의 사태를 해결할 방법을 찾아야 한다.

'방법은?'

진소아가 좌걸이 소리치고 있는 방 옆을 바라보았다. 굳건하게 닫힌 방문을 본 진소아가 두말없이 방 안으로 뛰쳐 들어갔다.

"위 소협!"

진소아는 과감하게 위연호가 뒤집어쓰고 있는 이불을 뒤집었다.

"끄응."

영혼의 반쪽과도 같은 이불을 빼앗긴 위연호가 허탈한 눈으로 진소아를 돌아보았다.

"사람이 잠 좀 자겠다는데……."

"지금 잠이 옵니까!"

"잠이 안 올 이유는 또 뭐가 있나."

하늘이 무너진 것도 아니고, 땅이 꺼진 것도 아닌데.

"저 밖에 저 난리가 난 거 안 들리십니까? 아니, 아까 이 방에도 들어왔다 갔잖아요."

위연호가 하품을 했다.

"그래서?"

진소아는 몸을 부들부들 떨었다.

이 난리가 났으면 최소한 관심이라도 가져야 하는 것 아 닌가.

남의 집에 얹혀서 밥이나 축내는 주제에!

적어도 상황이 이리되었다면 그동안 먹은 밥이 뱃속에서 소화된 만큼이라도 도우려고 하는 게 사람의 자세가 아닌 가!

"저 불한당이 행패를 부리고 있잖아요."

"불한당?"

"예!"

"좋은 사람 같던데……."

위연호가 고개를 갸웃했다.

마음이 참 착한 사람 같던데, 왜 불한당이라고 하는 걸 까?

"좋은 사람이요?"

진소아는 혹여나 위연호와 자신이 다른 사람을 보고 있 는 건 아닌가 의심할 수밖에 없었다.

밖에 있는 좌걸을 보고 좋은 사람이라고 말한다면, 그건 정신이 나갔다는 뜻이겠지.

구호소에 와서 행패를 부리는 사람이 좋은 사람이라면 세상에 나쁜 사람이 어디 있겠는가.

위연호가 그런 박애주의자로 보이지는 않으니, 정신이 나간 게 맞겠지.

진소아는 위연호의 눈을 똑바로 바라보았다.

하지만 안타깝게도 의학적 관점으로는 광증이나 광기가 보이지 않았다.

"어, 어딜 봐서 좋은 사람입니까?"

위연호는 고개를 살짝 갸웃하고는 대답했다.

"나도 걱정해 주더라고. 마음 착한 사람 같던데…….”

"저리 행패를 부리고 있는데두요?"

"……이유가 있겠지."

진소아는 환장하고 싶은 기분이었다.

"무슨 이유요! 무슨 이유!"

"그건 내가 물어야지. 저 양반, 왜 저러는 건데?"

진소아가 움찔하고는 말을 이었다.

"빚이 좀 있습니다."

"빚?"

"아버지가 남겨둔 빚이 아직 좀 남아 있는데, 그걸 마저 갚으라고 저러고 있는 겁니다."

"그래?"

"예."

위연호가 느긋하게 고개를 끄덕이더니 입을 열었다. 사정을 알고 보니 모든 일이 확실하게 보였다.

"니가 잘못했네."

"네?"

"그러게 왜 남의 돈을 빌리고 안 갚아? 그게 세상에서 제일 더러운 짓이야."

진소아가 입에 거품을 물었다.

이게 무슨 개소리야!

진소아는 처음으로 뒷목이 당겨오는 것을 느꼈다.

'위험하다.'

몸이 정상적이지 않다는 증거였다. 혈압이 급속도로 상승하고 있다. 심호흡을 몇 번 몰아쉬어 당겨오는 목과 뛰는 심장을 간신히 진정시킨 진소아가 입술을 질끈 물었다.

"아무리 돈을 빌렸다고 해도 이런 식으로 나오는 건 잘못된 거 아닙니까!"

"와, 이거 봐라?"

위연호가 혀를 찼다.

"하여튼 빌린 놈이 배짱이라니까. 돈 빌려주고 애타는 심정은 생각도 안 하고, 빌려놓고 되레 사정 안 봐준다고 빚쟁이 못된 놈 만들고 있잖아. 너도 큰돈 한번 떼여봐야 그런 말을 안 할 텐데."

"끄으응."

진소아가 앓는 소리를 냈다.

말이야 다 맞는 말이라 뭐라 할 수가 없었다.

"제가 있는 돈을 안 갚은 것도 아니잖습니까! 돈이 없는데 그럼 어떻게 합니까!"

"저 봐, 저 봐. 배 째라 나오잖아."

"그게 아니라!"

"어린놈이 못된 것만 배워 가지고는."

진소아는 대화를 포기했다.

위연호와 대화를 하는 것은 환자 오십 명을 동시에 보는 것과 맞먹을 만큼 심력을 소모시키는 것 같았다.

"여, 여하튼 지금 상황을 어떻게 좀 해주십시오."

"내가?"

위연호가 눈을 동그랗게 떴다.

"예! 위 소협이 말입니다."

"……너, 약 먹었니?"

위연호는 진지하게 물었다.

지금까지 그 어느 누구도 위연호에게 무언가를 해결하라고 하지 않았다.

사람들은 위연호에게 결과가 아닌 과정을 바랐다. 그저 뭔가를 하려 한다는 것만으로도 기특하다 소리를 들을 수 있던 것이 위연호의 삶이었던 것이다.

그런데 뭐?

해결?

이게 대체 무슨 말인가.

평생 자신과는 관련이 없을 것 같은 말을 듣게 된 위연호는 혼란에 빠졌다.

"나보고 해결을 하라고?"

"예."

"……정신 차리렴."

위연호는 진지하게 진소아를 걱정해 주었다.

"저도 귀가 있습니다."

"응?"

"그때 다 들었습니다. 전장에서 위 소협께서 어사라 불리는 것을 말입니다."

순간, 위연호는 꿀 먹은 벙어리가 되었다.

똘똘하던 놈이 미친 짓을 한다 싶더니, 이유가 있었구나.

"원래 어사들께서 하시는 일이 이런 일이 아닙니까! 그러니 어서 해결을 해주십시오."

위연호는 인상을 확 쓰며 바닥에 드러누웠다.

"해결을 해달라고?"

"예!"

"내가 왜?"

"네?"

위연호는 연신 하품을 해 댔다.

귀찮아 죽겠다는 그 얼굴을 보며 진소아는 뭔가 상황이 자신이 생각하던 것과는 다르게 흘러간다는 것을 직감할 수밖에 없었다.

"뭔 놈의 어사가 개인 채무까지 나서서 해결을 해야 하나?"

"……."

듣고 보니 그게 맞는 말 같기도 하고…….

"고, 고리대가 아닙니까."

"개인끼리 하는 돈 거래에 그런 게 어딨냐? 법령이라도 있어?"

"……없지요."

"그런데 내가 무슨 자격으로?"

"그, 그래도 어사면 되는 거 아닙니까?"

"얘 큰일 날 사람이네?"

위연호가 눈을 크게 떴다.

"권력 남용이 얼마나 무서운 건데! 너 힘 있는 사람이 힘을 막 휘두르면 무슨 일이 벌어지는지 아냐?"

"……."

왜 이렇게 정론만을 듣는데도 기분이 이상할까?

말은 다 바른말인데, 이 찜찜한 기분은 뭐란 말인가.

진소아는 뱃속에서 치밀어 오르는 의구심에 고개를 갸웃했다.

"그래서 도와주실 수가 없단 말씀이십니까?"

"마음이야 있지."

"그런데요?"

"그런데 마음만으로 뭘 해주겠냐. 실제로 할 수 있는 게 없는데."

진소아의 고개가 푹 떨어졌다.

이 인간에게 뭔가를 바란 게 실수였다.

은하전장의 하대붕이 위연호에게 설설 기는 것을 보고 그래도 뭔가 있을 거라고 생각했는데…….

'근성이 없는데 지위가 무슨 상관인가.'

진소아는 미련을 버리고 자리에서 일어났다.

"쉬십시오."

쉴 수 있다면 말입니다.

위연호를 남겨두고 진소아는 밖으로 나섰다. 위연호에게 더 시간을 낭비할 필요가 없다.

밖으로 나가보니 좌걸이 여전히 환자들을 끌어내고 있었다.

"이……."

진소아가 막 소리를 지르려는 찰나, 그보다 한발 먼저 날카로운 목소리가 들려왔다.

"이게 뭐하는 짓입니까!"

대문을 열고 진예란이 안으로 걸어 들어오고 있었다.

좌걸조차 걸어오는 그녀의 기세에 순간적으로 움찔할 정도였다.

'뭔 여자가 저리 기가 세지?'

장부 같다라든가 하는 느낌이 아니었다.

대쪽 같은 느낌?

학이 우아하게 자기 쪽으로 걸어온다면 사람은 위협이 아니라 감탄을 하게 될 것이다.

지금이 바로 그런 느낌이었다.

'성수장의 장녀가 남자로 태어났다면 의가의 역사에 큰 획을 그었을 것이라더니.'

저번에 봤을 때만 해도 이런 느낌까지는 받지 못했다.

그런데 그사이에 무슨 일이 있었기에 사람이 이렇게까지 바뀔 수 있단 말인가.

좌걸은 침을 꿀꺽 삼켰다.

"이게 무슨 경우 없는 짓입니까! 환자를 방에서 끌어내다니요! 당신은 최소한의 측은지심이라는 것도 없습니까?"

"측은지심?"

좌걸은 정신을 퍼뜩 차렸다.

"말 잘했다. 측은지심이라니! 너는 그런 게 있어서 남의 돈을 떼먹고 있느냐!"

"돈을 떼먹다니요?"

"네 아비가 빌린 돈!"

진예란이 대답 없이 좌걸을 가만히 노려보았다.

"아비가 빌린 돈을 자식들이 갚는 경우도 있습니까?"

"흥. 네 아비는 성수장의 이름으로 돈을 빌렸다. 그러니 '성수장이라는 간판을 내리든가, 아니면 돈을 갚든가'에서 돈을 갚겠다고 말한 건 너 아니냐?"

"그래서 지금 환자들을 끌어내고 있는 겁니까?"

"그렇다면?"

좌걸이 눈을 희번덕거렸지만, 진예란은 조금의 동요도 없이 입을 열었다.

"문제가 있다면 우리에게 말하세요. 환자들이 무슨 죄입니까!"

"오냐!"

좌걸이 이를 뿌득, 갈더니 진예란의 팔을 움켜잡았다. 팔이 꽉 잡히자 진예란의 낯빛이 처음으로 변했다.

"노, 놓으세요!"

"너 말 잘했다. 당사자가 해결해야지!"

"일단 놓고 이야기하라고 하지 않습니까."

"클클클."

좌걸이 비릿하게 웃더니, 진예란의 팔을 확 잡아 당겼다.

"꺄악!"

진예란이 새된 비명을 질렀지만, 좌걸은 여전히 팔을 놓아주지 않았다.

"나도 이렇게 속 시끄러운 방법 같은 건 쓰고 싶지 않았다. 제일 간편한 방법이 있지."

"이것 놓고……."

"당사자가 해결을 해야지! 그래!"

좌걸이 낄낄대며 진예란의 볼을 쓰다듬었다.

뱀이 얼굴을 타고 오르는 듯한 느낌에 진예란은 진저리를 쳤다. 음흉한 좌걸의 시선이 닿는 곳마다 몸에서 두드러기가 나는 것만 같았다.

"생긴 것은 반반하니, 기루에 넘기면 남은 빚 정도는 쉽게 청산할 수 있겠지. 네 미모라면 십 년 내에 모든 빚을 변제할 수 있을 것이다. 좋은 방법이지."

좌걸이 크게 웃기 시작하자 진예란이 몸을 파들파들 떨었다. 그리고 진소아는 기겁을 하여 좌걸에게 달려들었다.

"당장 그 손 놓지 못해!"

"허어?"

좌걸은 자신에게 달려드는 진소아를 걷어찼다.

"이놈은 의원이라는 놈이 머리가 왜 이리 나쁘지? 똑같은 걸 몇 번이나 해봐야 소용없다는 것을 알겠느냐?"

"아, 안 돼!"

진소아가 벌떡 일어나 다시 좌걸에게 달려들었다.

누이가 기루에 팔려갈 판인데 이성적으로 이거저거 따질 동생이 어디 있겠는가.

"안 된다, 이놈!"

뻐엉!

좌걸에게 달려들다가 제대로 걸어차인 진소아가 명치를 부여잡고 바닥을 굴렀다.

"끄으으으······."

"소아야!"

진예란이 다급한 기색으로 진소아를 불렀다.

"네 이놈!"

진예란이 표독스러운 얼굴로 노려보았지만, 좌걸은 되레 껄껄 웃었다.

"화내는 얼굴도 예쁜 것을 보니, 생각보다 빨리 빚을 갚을 수도 있겠군. 네 동생 놈을 걱정할 것이 아니라 누가 네 머리를 올려주실 것인지를 걱정해야지! 크크크큭!"

좌걸의 웃음을 들으며 진예란은 입술을 꽉 깨물었다. 얼마나 강하게 힘을 주었는지 입술이 터지며 피가 흘러내렸다.

"너는 법도도 모른단 말이냐!"

"법도? 채무액을 따지면 네년을 노예로 끌고 가도 문제없다. 그래도 기루에 팔아 시간이 지나면 돈을 갚고 평민으로 살게 해주는 게 어디냐. 이 어르신이 자비심이 깊어서 다행인 줄이나 알아라."

"이익!"

진예란이 힘을 주어 팔을 당겼지만, 거한이 잡고 있는 손 힘을 이길 수 있을 리 없었다.

그때였다.

"아, 안 된다, 이놈아!"

좌걸이 끌면 끄는 대로 힘없이 마당으로 끌려 나왔던 환자들이 힘겹게 달려들었다.

"이, 이놈들이 미쳤나?"

좌걸을 자신의 옷깃을 잡는 수많은 손길을 느끼며 몸을 부르르 떨었다.

"의녀님은 안 된다! 차라리 나를 잡아가라!"

"이 천벌을 받을 놈!"

"어차피 죽을 몸이다. 네놈 하나 길동무로 못 데려갈까!"

"이놈들이!"

좌걸이 눈에서 불을 뿜었다.

환자들이 우습게 보고 달려드는 것은 그의 자존심 문제였다. 그런 이유로 밀려났다고 하면 다시는 흑도에 얼굴을 들고 다니지 못할 것이다.

"감히 어느 안전이라고!"

좌걸이 자신을 잡고 늘어지는 환자들을 마구 후려쳤다.

"죽어!"

"아이쿠!"

비명 소리가 마구 터져 나왔지만, 환자들은 좌걸을 잡은 손을 놓지 않았다. 죽는 한이 있더라도 진예란이 기루로 끌려가는 꼴을 보지 못하겠다는 듯 말이다.

"안 된다! 이놈아, 안 돼!"

"네놈은 피도 눈물도 없느냐! 어디 의녀님을!"

"안 된다 하지 않느냐!"

좌걸은 열이 머리끝까지 올랐다.

"이놈들이 진짜!"

좌걸이 주먹을 꽉 움켜쥐고 환자들을 내려치려고 하자 진예란이 깜짝 놀라 소리를 질렀다.

"그만두세요!"

진예란이 힘껏 팔을 잡고 매달리자 좌걸도 인상을 쓰며 팔을 내렸다.

"여러분도 그만두세요. 이건 여러분이 나설 일이 아닙니다."

"의녀님!"

"이러다 여러분의 상태가 악화되기라도 하면 어쩌려고 그러십니까. 다들 물러서세요."

"하지만……."

"어서요!"

진예란이 정색을 하자 환자들이 슬그머니 손을 놓고는 뒤로 물러섰다.

그런 후, 진예란이 눈을 똑바로 뜨고 좌걸을 바라보았다.

"환자들에게는 손대지 마세요. 내 발로 갈 겁니다."

"그, 그게 무슨 소리십니까, 누님!"

진소아가 기겁을 하여 소리치자 진예란이 차분하게 바라보며 말했다.

"빚은 내가 어떻게든 갚겠다. 그러니 너는 이 누이일랑은 신경 쓰지 말고 가문을 다시 일으키는 것만 생각하거라. 오늘부터 네가 성수장의 장주다. 잊지 말거라."

"누님, 그게 말이 되는 소립니까! 차라리 제가 가겠습니다! 동생 된 도리로 제가 어찌…… ."

"너는 내 말이 들리지 않는 것이냐!"

진예란이 추상같은 기세로 소리치자 진소아가 고개를 푹 숙였다.

"내 발로 갈 것입니다."

"클클클, 아무렴."

좌걸이 음흉하게 웃으며 진예란의 뒤에 섰다.

진예란은 입술을 질끈 깨물고는 앞으로 걸어가기 시작했다.

"아아, 의녀님!"

"누니이이이임!"

환자들과 진소아의 외침으로 아비규환이 벌어졌지만, 진예란은 뒤도 돌아보지 않고 대문을 향해 걸어갔다.

어떤 목소리가 들려오기 전까지는 말이다.

"……어, 가면 안 되는데?"

낯선 목소리였다.

그렇지만 익숙한 목소리이기도 했다.

고개를 돌린 진예란의 눈에 방문을 연 위연호의 모습이 들어왔다. 이불로 몸을 돌돌 만 위연호가 문밖으로 고개만 쏙 뺀 채 다급하게 외치고 있었다.

"내 밥은 어쩌고?"

진예란의 두 눈이 흔들리기 시작했다.

"그 소저 데리고 가면 안 되는데……."

위연호는 심각한 고민에 빠졌다.

시끄러움이 도를 넘어서 조금만 조용해 주면 안 되겠냐고 할 마음으로 힘겹게 문까지 기어온 것까지는 좋았다.

이 일이 과연 문을 열기 위해 팔을 뻗는 것을 감수할 만한 가치가 있는가에 대한 고민도 깊었지만, 좀 더 편안한 수면을 위하여 그 정도는 감수하기로 했다.

문제는 그 뒤에 벌어졌다.

문을 열고 몸을 겨우 빼냈더니, 진예란이 웬 험상궂은 놈과 밖으로 나가고 있었다.

이십 년에 가까운 시간 동안 눈칫밥만 먹어온 위연호는 상황을 보자마자 견적이 섰고, 견적이 서자 계산이 시작되었다.

사실 위연호가 딱히 진예란을 도와야 할 이유는 없었다. 그는 그저 성수장에 가보라는 문유환의 추천을 받아 이곳에 온 것뿐이니까.

하지만 지금의 상황을 외면할 수 없는 것은 진예란이 그의 밥을 챙겨주던 사람이라는 이유 때문이다.

진소아가 하는 꼴을 봐서는 진예란이 사라지는 순간 밥은커녕 식은 감자 한 덩이 받아먹기 힘든 상황이 벌어질 것은 불을 보듯 빤했다.

그러니 어찌 진예란이 끌려가는 꼴을 그냥 보고만 있을 수 있단 말인가!

악독한 사부의 가르침 덕에 게으름에 식탐이라는 한 가지 요소를 더 추가하여 거듭난 위연호로서는 끼니때마다 방 안에 차려지는 산해진미는 포기할 수 없는 것이었다.

물론 조금 불편하기는 하지만, 불편하게 먹는 산해진미가 편히 먹는 쉰밥보다야 백배 낫지 않은가.

"거기, 잠깐만요."

위연호가 좌걸을 멈춰 세웠다.

하지만 좌걸은 도무지 이 상황을 이해할 수가 없었다.

"저게 진짜 미쳤나?"

좌걸은 고개를 좌우로 흔들었다.

웬만하면 미친놈이다 싶어서 상종을 하지 않으려고 했는데, 하는 짓이 가면 갈수록 가관이었다.

'참자.'

미친놈이랑 살풀이를 해봤자 그에게 남는 것이 없었다.

"가자."

좌결이 진예란을 재촉했다.

진예란은 조금 미련이 남은 듯한 눈으로 위연호를 돌아보더니, 한숨을 푹 쉬고는 다시 몸을 돌렸다.

그렇게 발을 떼려고 하는데, 바로 위연호의 목소리가 다시 날아들었다.

"데리고 가면 안 된다니까."

좌결의 인내심이 드디어 폭발했다.

"이 미친놈이 보자보자 하니까!"

좌결이 눈에서 불을 뿜어낼 기세로 몸을 돌려 위연호를 노려보았다.

"야! 이 미친놈아! 왜 안 되는데!"

"……그럼 내 밥은 누가 해줘요."

"이 사람이 왜 니 밥을 차려줘야 하냐고!"

"그야 저도 모르죠. 그런데 지금까지 밥을 주던 사람이 저 소저니까, 저 소저가 없어지면 내 밥을 차려줄 사람이 없잖아요."

"그래?"

좌결이 이를 으득으득, 갈고는 위연호를 향해 걸어가기 시작했다.

"밥이 문제다, 이거지? 밥이? 그럼 그 밥을 안 먹게 되면 문제가 없다는 소리로구나."

"어? 그게 그렇게 되나?"

위연호는 순간 인간의 생존과 식사에 대한 심각한 고찰에 들어갈 수밖에 없었다.

인간이 밥을 먹지 않아도 된다면 잠을 잘 시간이 더 늘어날 텐데, 그렇다면 삶이 얼마나 더 풍족해질 것인가!

어떻게 이리 간단한 것을 생각하지 못했단 말인가!

'사부님 때문이야!'

이게 다 사부님이 밥을 먹지 않으면 수련 시간이 늘어난다는 고정관념을 머릿속에 박아 넣었기 때문이다. 참 알게 모르게 위연호에게 너무 많은 영향을 주고 간 사람이었다.

그런데 저 아저씨는 왜 저리 험악한 얼굴로 다가오고 있는 거지?

"그만두세요!"

진예란이 사태를 파악하고는 다급하게 좌걸의 팔을 잡고 늘어졌다.

하지만 좌걸은 간단하게 진예란을 팽개치고는 위연호를 향해 달려들었다.

"내가 오늘 네놈을 제정신으로 돌아오게 만들어주마."

"어?"

위연호는 자신에게 날아오는 좌걸의 주먹을 보며 입을 헤, 벌렸다.

이 착한 아저씨가 왜 갑자기 자신을 공격한단 말인가.

"아, 안 돼!"

쾅!

하지만 입은 느리고 주먹은 빨랐다.

얼굴 바로 앞까지 날아온 주먹을 느낀 육체가 제멋대로 반응하여 좌걸의 턱주가리를 후려갈겼다.

"끄윽!"

좌걸이 허파에 바람 빠지는 소리를 내며 허공으로 붕 떠 올랐다.

"헐⋯⋯."

위연호가 그 광경을 보며 당황하여 신소리를 냈다.

쿠웅!

좌걸이 바닥으로 떨어지며 먼지와 돌 조각들이 튀어 올랐다.

"괜찮아요?"

상황을 지켜보던 주변인들은 어안이 벙벙하여 위연호를 바라보았다.

위연호를 때리려던 좌걸이 갑자기 공중으로 붕 떠오르더니 바닥으로 나딩굴기에 위연호가 무언가를 했는가 싶더니만, 전혀 모른다는 눈치가 아닌가.

"이게 뭔 조화래?"

환자들이 눈을 비볐다.

"으으으⋯⋯."

좌걸이 힘겹게 바닥에서 몸을 일으켰다.

'무, 무슨 일이 벌어진 거지?'

좌걸은 흐릿해지는 의식을 다잡으며 기억을 되살렸다. 그는 분명히 위연호에게 본때를 보여주려는 생각으로 한 대 후려치려고 했다.

그런데 갑자기 눈앞이 번쩍이더니 하늘이 보였고, 등에 느껴지는 극심한 통증에 잠시 의식을 잃었다.

대체 무슨 일이 일어난 거란 말인가.

"괜찮아요?"

"으응?"

옆에서 들려오는 목소리에 좌걸은 힘겹게 고개를 돌렸다.

"아, 거, 미안하게 됐어요. 내가 그러려고 그런 게 아니라…… 워낙 시달린 게 많아서 누가 때리려고 하면 나도 모르게 반격이 나가거든요."

좌걸이 잘 떠지지 않는 눈을 부릅뜨고 위연호를 노려보았다.

"그, 그러니까, 지금 니가 날 친 거란 말이냐?"

"고의가 아니라니까요."

"……."

"게다가 아저씨가 먼저 때리려고 한 거니까, 이건 정당방위라고 할 수 있죠."

좌걸은 황당함이 들끓는 눈으로 위연호를 바라보았다.

지금 저 미친놈이 하는 말을 믿어야 하는 건가?

분명 그는 무언가에 맞기는 맞았다.

그리고 지금 범인이 자수를 했다.

때린 놈이 있고, 맞은 놈이 있는데, 도무지 이 상황을 이해할 수가 없는 좌걸이었다.

"니가 날 쳤다고?"

"미안하다니까요."

"정말?"

위연호는 한숨을 쉬었다.

백무한과의 길고 긴 생활 뒤에 세상에 나와 느낀 점은, 이놈의 세상에는 도무지 신뢰라는 것이 없다는 사실이었다.

바른말을 해도 믿어주지를 않으니, 도리가 있는가.

"사실……."

위연호가 목을 가다듬었다.

"말을 해도 믿지 못하는 걸 이해 못할 바는 아니지만, 진실이 그러니 다르게 해드릴 말이 없네요. 여하튼 저는 말했어요."

좌걸은 얼얼한 턱을 어루만지며 눈을 비볐다.

그러니까…… 저 미친놈이 지금 자신을 쳤단 말인가?

자신을?

저 이불을 둘둘 만 채 눈에 눈곱을 잔뜩 붙이고 있는 저 얼간이가 지금 자신을 쳤다고?

'이걸 믿어야 한단 말이지?'

그것도 의식을 날려 버릴 만큼 강렬한 일격을 날렸다는 것 아닌가.

상식적으로 생각한다면…….

'말도 안 되는 소리!'

저 닭도 못 잡게 생긴 놈이 자신을 허공으로 날려 버렸다는 것을 믿느니, 차라리 여기 어딘가에 이놈을 보호하는 이가 있다고 생각하는 것이 옳았다.

'어느 쪽이든 좋은 소식은 아니군.'

저 얼빠진 놈이 자신을 날려 버렸다고 해도 문제고, 저 얼빠진 놈을 보호하는 고인이 있다고 해도 문제였다.

"으음…….".

좌걸은 상황이 영 좋지 않게 돌아간다고 느꼈다.

'한 번만 더 시험해 볼까?'

숨은 고인이 있다고는 해도 딱히 상처를 남기지 않은 것으로 보아 일을 크게 벌이고 싶은 생각은 없어 보였다. 그렇다면 한 번쯤 더 시험해 본다고 해서 목이 달아나는 일은 없을 것 아닌가.

좌걸은 슬금슬금 위연호에게 다가갔다.

"어, 안 되는데?"

위연호가 고개를 갸웃했다.

"아저씨, 지금 뭐하시려는 거예요?"

"흥!"

좌걸이 주먹을 꽉 움켜쥐고 위연호의 머리를 내려쳤다.

순간.

쿵!

조금 전과는 묵직함이 전혀 다른 타격음이 터지더니, 좌걸이 사두마차에 치인 강아지처럼 허공을 부웅 날아 바닥으로 떨어지고는 비탈길을 내려가는 것처럼 무지막지한 속도로 데굴데굴 굴렀다.

"끄으으으으……."

좌걸의 입에서 지옥에서 새어 나오는 것과 같은 신음 소리가 흘러나왔다.

이건 아파도 너무 아프다.

마치 목 위가 사라져 버린 것 같은 느낌이었다.

"그러니까, 그러지 마시라니까."

위연호가 안타깝다는 듯 혀를 찼다.

"절대 제가 그러고 싶어서 그러는 게 아니에요. 아저씨도 사람이 쉬든 자든 일단 공격부터 하고 보는 심보 고약한 영감이랑 두 달만 함께 살아보면 나처럼 된다니까요."

대체 저 미친놈은 아까부터 무슨 말을 하고 있는 건가.

"걱정하지 마세요. 여긴 의원이잖아요. 다치면 치료해 줄 거예요."

좌걸은 자꾸 감기는 눈을 억지로 뜨며 몸을 일으켰다.

한 방만 더 이런 걸 얻어맞았다가는 살아남는다 해도 평생 병신으로 살아야 할지도 모른다는 위기감이 들었다.

"끄으응……."

이번에는 두 눈을 크게 뜬 덕인지 그의 주먹이 위연호의 머리에 닿기 직전에 위연호의 손이 이불 안에서 튀어나와 자신의 턱을 갈겨 버리는 것을 똑똑히 볼 수 있었다.

어떻게 주먹질이 이리 뼛속 깊이 아프단 말인가!

흑도에서 살면서 수도 없이 때리고 맞아온 좌걸이다. 맞는 것에는 이골이 나 있었다. 거기에다 나름 흑도에서 버티기 위해서 하급 외공인 철포삼 정도는 상시 단련하고 있는 좌걸이었다.

하지만 칼을 맞은 것도 아니고, 그냥 주먹으로 한 대 얻어맞은 것인데도 이렇게 아프다니…….

어떻게 인간의 주먹이 쇳덩어리처럼 단단한 좌걸의 몸에 이런 충격을 준단 말인가.

'고수다!'

생각은 짧고, 계산은 빨랐다.

인정하고 싶지는 않지만, 지금 눈앞에 있는 이 미친놈이 고수라는 것을 인정할 수밖에 없었다. 그것도 자신 정도는 마음만 먹는다면 순식간에 핏덩이로 만들어 버릴 수 있는, 진짜 고수였다.

"……어디서 온 고인이시오?"

좌걸의 말투가 공손해졌다.

"고인 아닌데요."

미친놈이 고수가 됐다는 소리는 들어본 적이 없으니, 저놈은 미친놈이 아니라 괴짜인 것이 틀림없었다.

강호에서 가장 위험한 것은 명문도 아니고, 흑도도 아니었다.

바로 무공은 강한데 생각하는 것은 도무지 알 수 있는 괴짜들이었다.

그런 놈들은 언제 무슨 짓을 할지 모르기 때문에 절대 여겨서는 안 된다는 것이 이 바닥의 상식이었다.

그리고 좌걸이 보기에는 눈앞의 이놈도 그 괴짜의 요소를 모두 갖추고 있었다.

"무슨 연유로 이 일에 관여하시는 것인지는 몰라도 이것은 개인적인 일이오."

"그렇죠."

"게다가 이쪽은 채무에 관한 계약서도 확실히 가지고 있소. 관에 간다고 해도 이쪽의 편을 들어줄 것이오."

"그럴 것 같아요."

"그러니 더는 관여하지 마시기 바랍니다."

위연호는 뚱한 얼굴로 대답했다.

"그건 좀 힘든데요."

"어째서?"

"아까도 말했잖아요. 저 아가씨가 내 밥을 차려준다니까.

저 아가씨가 없으면 밥을 줄 사람이 없어요."

"……."

좌걸의 얼굴이 푸들푸들 떨렸다.

그러니까, 지금 밥 때문이 이 난리를 친 게 사실이란 말인가?

"그 한낱 음식 때문이 지금 흑지주방의 행사를 방해한 것이란 말이오?"

"흑지주방?"

"내가 속한 방파이자, 저 여자가 빚을 진 곳이오. 귀하가 얼마나 대단한지는 몰라도 흑지주방은 결코 이 일을 좌시하지 않을 것이오."

"어, 음……."

위연호가 고개를 갸웃하다가 빙긋 웃으면서 말했다.

"그럼 저는 이제 빠지면 안 될까요?"

"이런 개……."

진소아의 입에서 생전 처음으로 욕이 튀어 나왔다.

"그래도 명색이 어사가 아닙니까! 어사!"

"어사?"

좌걸이 고개를 갸웃했다.

진소아가 기세등등하게 외쳤다.

"그렇소! 저기 계신 저분이 어사란 말이오! 당신들의 패악질을 두 눈으로 똑똑히 보셨으니, 결코 좌시하지 않으실

거요!"

좌걸의 얼굴이 심각해졌다.

그 어사라는 게 황궁의 어사대를 말하는 게 맞다면, 이건 보통 일이 아니었다. 진짜 어사라면 흑지주방쯤은 순식간에 세상에서 지워 버릴 수 있는 권력이 있는 것이다.

하지만!

'어사라고?'

저 인간이?

좌걸이 떨떠름한 얼굴로 위연호를 바라보았다.

백번 양보해서 고수일 수는 있다고 치자. 그가 눈으로 본 것이니 믿지 않을 도리도 없지만, 그것까지는 어떻게 믿어 볼 수 있다.

하지만 어사라니.

어사가 어디 보통 사람이 할 수 있는 일이던가.

그 힘들다는 과거를 통과한 이들 중에서도 우수한 이들만이 들어갈 수 있는 곳이 어사대였다.

그런데 저 총기라고는 한 점 찾아볼 수 없는 얼굴을 한 놈이 어사라고?

좌걸은 의심 반, 의혹 반을 섞어 진소아를 노려보았다.

좌걸의 눈빛이 무엇을 의미하는지를 깨달은 진소아가 세차게 도리질을 쳤다.

"사, 사기 치는 것 아닙니다!"

"아무리 그래도 좀……."

"본인에게 물어보면 될 것 아닙니까!"

"으으으음……."

좌걸이 여전히 뚱한 얼굴로 위연호를 바라보았다.

"맞으십니까?"

"뭘요?"

"어사이십니까?"

"저요?"

위연호가 황당하다는 얼굴로 웃었다.

"아닌데요."

"……."

좌걸이 그거 보라는 눈으로 돌아보자 진소아가 떠듬떠듬 소리쳤다.

"아, 아닙니다! 제가 분명 제 귀로 들었단 말입니다! 어사라고 했습니다!"

좌걸의 시선이 다시 위연호에게로 돌아가자, 위연호는 태연한 얼굴로 다시 대답했다.

"아닌데요."

"아니라시는데……."

"아이고, 미치고 팔짝 뛰겠네! 왜 거짓말을 하고 그러십니까! 제가 분명히 들었는데!"

위연호가 늘어지게 하품을 하고는 말을 이었다.

"에이, 상식적으로 제 나이에 어사라는 게 말이 되나요."

"그렇죠?"

"어린애가 꿈을 꾼 모양인데, 넓은 마음으로 이해하시죠."

"크, 역시 현명하십니다."

순식간에 좌걸과 짝짜꿍이 맞아들기 시작한 위연호를 보며 진소아는 가슴을 두드렸다.

어쩌다가 저런 것이 집에 굴러 들어와서는 이 사단을 만들어낸단 말인가.

"끄으응."

진소아는 당장에라도 소리를 지르고 싶은 심정이었지만, 그가 내는 짜증이 이 사태를 해결하는 데 조금의 도움도 되지 않는다는 것을 모를 만큼 바보는 아니었다.

"그럼 귀하께서는 흑지주방의 일에 관여하지 않겠다, 이거요?"

좌걸의 말이 다시금 슬슬 짧아졌다.

"잠깐만요."

"으음?"

"제가 그리 머리가 좋은 편이 아니라 다그치니까 계산이 잘 안 되네요. 어느 쪽이 옳은 일인지 생각을 좀 해야겠어요."

위연호가 그렇게 말하고 머리를 이불 안으로 쏙 집어넣

었다.

"……생각을 특이하게 하시는군요."

좌걸은 뭔가 할 말이 많았지만, 위연호를 잡고 말을 늘어놓는 것에 회의를 느끼고 말았다.

'조금만 기다리자.'

조금만 더 기다리면…….

드르렁.

좌걸의 눈동자가 흔들렸다.

좌걸과 진소아의 눈이 마주쳤다.

진소아가 앓듯이 신음 소리를 내더니, 슬금슬금 위연호에게 다가가 이불째 그를 흔들었다.

"소협, 주무시면 안 됩니다. 소협?"

"으응……."

위연호의 머리가 들어갈 때와는 다르게 느릿하게 이불 밖으로 튀어나왔다.

좌걸은 울고 싶어졌다.

하지만 어쩌겠는가, 억울하면 고수 되어야지.

어릴 적 기골이 장대하다며 그를 데리고 가겠다는 기인을 유괴범쯤으로 몰아서 욕하지만 않았더라도 지금 이런 굴욕을 당하지는 않았을 텐데.

"아무리 그래도 그렇지! 어떻게 이 와중에 잘 수가 있습니까!"

이번만은 위연호도 머쓱한지 어색한 웃음을 보였다.

"어제 잠을 제대로 못 자서…….."

"…….."

진소아가 허망한 눈으로 하늘을 올려다보았다.

하루 종일 하는 거라고는 잠자는 거밖에 없는 사람이 잠을 못 잤다고 하면 다른 사람들은 다들 수면 부족으로 지금쯤 황천을 건너고 있을 것이다.

"어쨌든."

위연호가 다시금 하품을 늘어지게 하고는 입을 열었다.

"생각을 해봤는데…….."

"네."

"아무래도 저 아가씨는 못 줄 것 같아요."

위연호의 말에 좌걸의 얼굴이 붉게 달아올랐다.

"지금 흑지주방의 행사를 방해하겠다는 겁니까?"

"흑지주방인지, 검정모기방인지, 그런 건 잘 모르겠구요, 생각을 해봤는데, 그래도 나름 추천서를 받아서 왔는데 이대로 저 아가씨를 보내면 보낸 사람 체면도 영 그렇고…….."

위연호가 뭔가 생각났다는 듯 몸을 부르르 떨었다.

"사건의 전말을 알게 되면 저를 삶아 먹겠다고 달려들 여자를 생각하니, 아무래도 앞으로의 편안한 잠자리를 위해서 저 아가씨를 보내줄 수는 없을 것 같아요."

좌걸이 굳은 얼굴로 위연호를 바라보았다.

원래라면 이렇게 대화를 할 필요도 없었겠지만, 저만한 고수를 상대로 드잡이질을 할 수는 없으니 어떻게든 대화로 풀어보는 수밖에 없었다.

"그렇다면 귀하께서 본 방의 행사를 방해하기로 마음먹은 것이라 생각하겠습니다."

"방해할 생각 없는데요."

좌걸이 얼굴을 씰룩이며 뭔가 말을 하려고 할 때, 위연호가 말을 끊었다.

"그러니까…… 지금 문제는 돈이잖아요."

좌걸의 눈썹이 꿈틀했다.

"말하자면 그렇죠."

"그럼 돈만 갚으면 되는 거잖아요. 아저씨는 돈 받아서 좋고, 이쪽은 시달리지 않아도 좋은 거니까."

"호오?"

좌걸이 반색하며 말했다.

"그럼 귀공께서 대신 돈을 갚아주시겠다는 말씀이십니까?"

위연호가 눈을 동그랗게 떴다.

"제가 돈이 어딨어요?"

"……."

"살면서 돈이란 걸 가져 본 적이 없는데."

좌결은 자신도 모르게 고개를 끄덕였다.

그래, 그럴 것 같다.

하는 꼴을 보니 돈은커녕 밥도 제대로 못 얻어먹고 다니게 생겼다.

"그런데 어떻게 돈을 갚겠다는 겁니까?"

"돈이야 만들면 되는 거고."

돈이 만들기 쉬운 거였으면 누가 고생을 하냐고!

좌결은 소리를 빽! 질러 버리고 싶었지만, 그러기에는 아직까지 감각이 제대로 돌아오지 않은 턱에서 오는 경고가 너무나도 현실적이었다.

"끄으응."

좌결이 답도 없다는 듯 고개를 내젓자 위연호가 싱긋 웃었다.

"방법은 많아요. 돈은 만들어서 줄 테니까, 걱정하지 말고 그만 가보세요."

"이대로 돌아가면 저는 치도곤 당해서 죽습니다. 적어도 기한이라도 정해주시죠."

"보름 내로는 드릴 수 있을 거예요."

"정말입니까?"

"저 못 믿어요?"

좌결의 눈이 흔들렸다.

당연히 못 믿지!

내가 너를 언제 봤다고 믿냐고!

하지만 어쩌겠는가, 법은 멀고 주먹은 가까운데.

따지고 들기에는 아까부터 자꾸 이불 속에서 꿈틀꿈틀하고 있는 위연호의 우수가 거슬렸다.

"……믿겠습니다."

좌걸은 고개를 푹 숙였다.

흑도에서 지금까지 그가 살아남을 수 있던 가장 큰 이유는 누울 자리를 적절하게 찾아내는 능력이었다.

그런데 아무리 봐도 이 자리는 누울 자리가 아니었다.

어설프게 발을 뻗었다가는 평생 고기 대신에 죽만 먹고 살아야 할 것 같은 예감이 강렬하게 들었다.

"약속은 꼭 지켜주시리라 믿겠습니다."

"네네. 제가 신의 빼면 또 시체죠."

좌걸은 영 못 믿겠다는 듯 위연호를 보다가 고개를 돌려 진소아, 진예란 남매를 노려보았다.

"귀인께서 약속을 해주셨으니 그 말을 믿고 오늘은 돌아가 보겠다. 하지만 약속 시간이 지난 이후에도 돈을 갚지 못한다면, 제대로 쓴맛을 보여주겠다. 그때는 어떤 변명도 통하지 않을 것이다! 다음에는 나 혼자 오지 않겠다."

좌걸의 말은 두 남매를 향한 것이기도 하지만, 위연호를 향한 경고이기도 했다.

하지만 위연호는 아는지 모르는지 슬금슬금 기어서 방

안으로 다시 들어가고 있었다.

"돌아간다."

좌걸이 몸을 돌려 성수장 밖으로 나가자 진소아는 긴장이 풀린 듯 맥없이 그 자리에 주저앉았다.

"휘유……."

절로 깊은 한숨이 새어 나온다.

"이게 대체 무슨 일이란 말인가."

끌려 나온 환자들로 난리가 나버린 의원을 보며 진소아가 울상을 짓고 있자 진예란이 침착한 목소리로 채근했다.

"우선은 환자들부터 다시 방으로 모시고, 다들 놀라시지는 않았는지 진맥부터 하거라."

"……지금 환자가 문제입니까?"

"의원이 환자가 문제가 아니면 뭐가 문제란 말이냐?"

"누님! 누님이 방금 기루로 끌려갈 뻔했습니다. 그런 상황에서도 환자를 보라는 말이 입에서 나오십니까?"

그 순간, 진예란의 눈에서 불꽃이 튀었다.

"너야말로 그게 의원의 입에서 나올 소리냐? 의원이라면 어떤 상황에서도 환자들이 우선되어야 한다는 선친의 가르침을 벌써 잊은 것이냐?"

진소아가 궁시렁거리면서 자리에서 일어났다.

"다들 자리로 돌아가시지요. 황 의원님은 저를 좀 도와주십시오. 거동이 불편하신 분들을 방으로 다시 모셔야겠습니다."

"알겠네."

진소아가 나서서 환자들을 다시 방 안으로 밀어 넣자 금세 안정이 찾아왔다.

진예란은 그 광경을 가만히 지켜보다가 고개를 돌려 위연호가 들어간 방의 문을 바라보았다.

진예란의 눈이 복잡한 빛으로 물들어갔다.

그날 밤.

"주무십니까?"

"응."

"……주무시는군요."

진소아는 거침없이 위연호의 방문을 열고 안으로 들어갔다.

"응?"

진소아가 놀란 듯 자신의 눈을 비볐다.

"분명 대답 소리를 들었는데?"

진소아는 눈을 비비고 방 안을 둘러보았지만, 위연호의 모습은 흔적도 없었다.

"귀신이 곡할 노릇일세."

"쯧."

위연호는 처마 위에서 방 안을 둘러보고 있는 진소아를 보며 혀를 찼다.

"또 무슨 잔소리를 하려고."

진소아는 딱히 그를 괴롭히지는 않았지만, 징징거림이 너무 심했다.

장단을 맞춰주다가는 오늘 밤도 제대로 쉬기는 그른 일일 것이다. 그럴 바에는 조금 쌀쌀하더라도 처마 위에서 잠을 자는 편이 나았다.

밤이슬이 차갑기는 하지만 동굴 안에서 오 년이란 세월을 보낸 위연호에게 이 정도 공기와 밤이슬은 애교에 가까웠다.

"자, 그럼 잠을⋯⋯."

위연호가 막 잠에 들려는 순간, 그의 귓가로 낮은 흐느낌 소리가 들려왔다.

"에⋯⋯."

위연호가 살짝 놀란 얼굴로 아래를 바라보았다.

'여기가 누구 방이지?'

굳이 알아볼 필요도 없었다. 흐느낌 소리가 높다. 젊은 여자의 울음소리였으니까.

위연호는 가슴이 조금 답답해지는 것을 느끼며 하늘 위에 가득한 별들을 바라보았다.

"⋯⋯어머니."

낮게 새어 나오는 흐느낌 소리를 들으며, 위연호는 소리가 나지 않게 한숨을 살짝 내쉬었다.

"내 팔자야."

어디를 가든 곱게 쉬기는 다 글러 먹은 팔자였다. 동굴을 나온 이후로 가장 맘 편히 쉬어본 곳이 거지 굴이니, 말 다 하지 않았는가.

하늘도 무심하시지.

게으름과 다사다난을 한 몸에 주시다니. 이거야말로 사람을 제대로 괴롭히는 꼴이 아닌가.

"끄으응."

위연호는 질끈 눈을 감았다.

내일 일은 내일 해결하더라도 오늘은 일단 자야지. 오늘도 제대로 자지 못한다면 내일 쓰러지고 말 것이다.

멀리 들려오는 풀벌레 소리와 낮은 흐느낌 소리, 그리고 위연호의 작은 숨소리가 별빛이 내려앉는 밤하늘을 가득 메워갔다.

23장
도신강림(賭神降臨)

"간밤에는 대체 어디를 다녀오신 겁니까!"

위연호는 아침부터 방문을 열어젖히며 쳐들어온 진소아를 보며 낮은 한숨을 내쉬었다.

"……내가 혼인을 한 적이 없는데, 마치 마누라를 얻은 듯하구나."

"그게 무슨 말씀이십니까?"

위연호는 대답하지 않고 진소아를 빤히 쳐다보았다.

"크흐흠."

진소아는 어색한 웃음으로 위연호의 시선을 넘겨 버렸다.

"그래, 또 무슨 일로 징징거리려고?"

"징징거리다니요. 저는 그저 대책을 논의하고 싶던 것뿐입니다."

"대책?"

진소아가 크게 고개를 끄덕였다.

"보름 내로 빚을 갚겠다고 하시지 않으셨습니까."

"그랬나?"

위연호가 고개를 갸웃하자 진소아가 옷을 꽉 움켜쥐었다.

바로 어제 벌어진 일인데 이놈의 머릿속에는 대체 뭐가 들어가 있단 말인가. 잠을 자면서 기억을 삭제하기라도 한단 말인가.

"어제 그러셨지 않습니까! 어제!"

"내가?"

"좌걸인가 하는 그 양반한테 보름 내로 이곳의 빚진 돈을 갚는다고 하셨잖습니까."

"아, 그랬다."

위연호가 이제야 기억이 난다는 듯 고개를 끄덕였다.

"그래, 그랬던 것 같아. 그런데 그게 왜?"

"그게 왜라니요? 돈을 마련할 방법이 있으니 그런 것 아니십니까?"

위연호는 태연히 대답했다.

"아닌데?"

"……네?"

"나야 그냥 시끄러워서 보내놓고 나면 조용해지겠지 싶어서 그렇게 말한 거지. 어쨌든 보름의 시간은 벌었잖아."

"……소협?"

위연호는 당당했다.

"어쨌든 당장 큰일 날 사태를 보름 뒤까지 미뤄줬으니 고마워해야 할 일 아닌가?"

진소아의 얼굴이 붉게 달아올랐다.

'이거, 말은 맞는 말 같기는 한데…….'

위연호가 아니었다면 어제 진예란은 꼼짝없이 기루로 끌려갔을 것이다. 그 일을 막아준 것만 해도 고마워해야 할 일이었다.

그건 분명 그렇다.

'그런데 왜 이렇게 복장이 뒤집어지는가!'

진소아는 자신이 예의와 경우를 모르는 소인배가 아닌가 하는 자문을 해보았다.

하지만 아무리 생각해 보아도 진소아가 그런 경우를 모르는 사람은 아니었다.

"그런데 왜 이리 짜증이 나지?"

"으응?"

위연호가 영문을 모르겠다는 듯 바라보자 진소아가 마침내 폭발하고 말았다.

"그러면 아무런 대책도 없이 그런 약속을 했단 말입니까!"

"응."

"그럼 보름 뒤에는 정말 사단이 벌어질 것 아닙니까! 어떻게든 해결할 방법이 있었을지도 모르는데, 이제는 빼도 박도 못하잖습니까!"

"그거까진 나야 모르지."

"끄으으으응."

진소아가 앓는 소리를 내다가 벌떡 일어났다.

"무슨 사람이 그리 대책도 없이……."

순간, 위연호가 손짓으로 진소아를 불렀다.

가까이 오라는 듯한 그 손짓에 진소아가 말을 멈추고 슬그머니 위연호에게 가까이 붙었다.

"잘 들어."

"……네."

"내가 생각을 해봤는데, 방법이 아예 없는 건 아냐."

"방법이 있습니까?"

"고래로 전해 내려오는 가장 좋은 방법이지. 빚쟁이에게 시달릴 때는 이것보다 좋은 방법이 없어!"

"그, 그게 뭡니까?"

"들어는 봤나 모르겠네. 야반도주(夜半逃走)라고."

"……."

"병법에서도 삼십육계(三十六計) 주위상책(走爲上策)이라 했느니라. 일단 적에게 대적하지 못한다면 뒤도 보지 않고 달아나는 것도 하나의 방법이지!"

진소아의 고개가 노릇하게 익은 벼처럼 아래로 한없이 내려갔다.

'이런 인간을 믿었다니······.'

배신감이 들 정도였다.

"지금 그걸 말이라고!"

막 진소아가 발악을 하려는 찰나, 문밖에서 또렷한 목소리가 들려왔다.

"뭐하는 것이냐."

진소아가 조개처럼 입을 다물었다.

슬그머니 고개를 돌려보니 열린 방문 밖으로 진예란이 엄한 표정으로 진소아를 바라보고 있었다.

"누님."

"너는 손님이자 은인께 무엇을 하고 있는 것이냐. 내 너에게 어떤 일이 있어도 예의를 잃어서는 안 된다고 누누이 강조해 오지 않았더냐."

"송구스럽습니다."

"나오거라."

"······예."

진소아가 고개를 푹 숙인 채 밖으로 나가자 위연호는 조금은 이중적인 심정을 느껴야 했다.

까불거리다가 된통 욕을 먹는 꼴을 보니 고소하기도 하고, 그렇지만 말 한마디에 저리 풀이 죽어서 끌려 나가는 꼴을 보니 조금 불쌍하기도 하고.

"은인께 많은 도움을 받았건만, 어제 제대로 인사도 드리지 못한 점 사과드리겠습니다. 비례를 저질렀지만 넓은 마음으로 이해해 주시길 바랍니다."

"네?"

위연호로서는 뭐가 비례라는 건지 이해할 수 없었다.

"은인이 아니었다면 저는 어제 참혹한 꼴을 당했을 겁니다. 이 은혜를 어찌 갚아야 할지."

"……아, 아뇨."

위연호는 속이 불편해지기 시작했다.

'차라리 문은지가 낫다.'

고놈의 계집애는 유학자 집안에서 자라는 주제에 예의와 격식을 밥 말아 먹은 망둥이 같은 계집애였지만, 차라리 그래서 대하기가 편했다.

이처럼 딱딱하게 격식을 차리는 사람은 태생적으로 위연호와는 맞지가 않았다.

게다가 얼굴이라도 적당히 예쁘면 부담이 덜하겠는데, 다소곳이 고개를 숙이는 모습이 천상에서 내려온 선녀처럼 보이는 판이니 더더욱 부담스럽기 짝이 없었다.

"신경 쓰지 마세요."

위연호는 손을 휘휘 저었다.

'딸이 바뀐 것 아닌가?'

진예란이 문유환의 딸이었다면 그러려니 할 수 있을 것이다. 진소아의 말을 들어보면 진예란의 아버지도 그리 제대로 된 인간은 아니었던 것 같은데, 거기서 어떻게 이런 딸이 나왔단 말인가.

가정형편이 워낙에 볼품없어서 그렇지, 양갓집 규수가 딱 어울리는 처자였다.

"은공께서 해주신 것만으로도 더없이 감사할 뿐입니다. 뒷일은 저희가 해결할 터이니, 은공께서는 그만 이 일에서 손을 떼주십시오."

"어……."

"어제 본 자는 그리 두렵지 않은 자입니다. 하지만 그자의 뒤에 있는 배경은 잔학무도한 흑도들이니, 괜히 얽혀서 은공의 신변에 이상이 생길까 저어됩니다."

"저는 괜찮은데……."

진예란이 가볍게 웃었다.

그 미소는 너무도 화사해서 위연호의 가슴마저도 순간적으로 울렁거렸다.

"은공은 마음이 여리신 분이시군요."

위연호는 뭐라 대답하지 못했다.

마음이 게으르다는 말은 들어봤지만, 마음이 여리다는 말은 생전 처음 들어보는 말이었다. 그를 알고 있는 모든 사람들은 그를 독하다고 비난하기에 바빴지, 이런 식으로 칭찬을 해주는 이는 없었다.

"하지만 이 일은 저희의 일입니다. 은공께서 저희의 일로 참변을 당하신다면, 저희는 죽어서도 돌아가신 선친을 뵐 면목이 없을 것입니다. 제 말 명심해 주십시오."

"아, 예……."

위연호가 얼떨떨하게 고개를 끄덕이자, 진예란이 다시 한 번 고개를 숙이고는 밖으로 나갔다.

탁.

문이 닫히자 위연호가 뒤로 벌렁 드러누웠다.

'이거, 좀 기분이 이상한데…….'

뭔가 자꾸 간질거리는 기분이 난다.

*　　*　　*

"다시 한 번 말해보거라."

호북을 주름잡는 흑도 방파, 흑지주방(黑蜘蛛房)의 방주인 곽도산(郭島山)은 미간을 찌푸리며 그의 앞에 시립해 있는 좌걸을 내려다보았다.

좌걸은 대답하지 못하고 우물쭈물거렸다.

"말을 해보라지 않느냐."

"그, 그게……."

좌걸이 쥐 죽은 듯한 목소리로 입을 열었다.

"성수장에 고수가 있었습니다."

"고수?"

"예. 고수였습니다."

곽도산이 불같은 노성을 토했다.

"이게 무슨 소리야! 그 망해 자빠진 의원에 고수가 왜 들어가 있단 말이냐!"

"그건 저도 잘……."

"고수 놈이 길 가다가 엎어지기라도 했다더냐! 그 어린 연놈들만 있는 의원에 뭘 고치겠다고 들어앉아 있단 말이냐!"

"본인의 말로는 손님으로 와 있다고 했습니다."

"손님?"

"예, 그렇습니다."

곽도산이 얼굴을 마구 문질렀다.

"손님, 손님이라……. 전 성수장주의 지인인 것인가? 그렇다면 일이 복잡해지는데……."

곽도산의 심기가 불편해 보이자 좌걸은 차마 입을 열지 못하고 숨을 죽였다.

흑지주방에 몸을 담고 있는 사람이라면 누구나 할 것 없이 곽도산이 얼마나 폭급한 자인지를 알고 있다. 하지만 일신의 무력이 워낙에 뛰어나 감히 불만을 표할 배짱이 있는 자가 없었다.

"그래서? 고수를 보자마자 꽁지가 빠져라 도망을 왔다는 말이냐? 네 한목숨 살아보겠다고?"

"그럴 리가 있겠습니까, 방주님! 저 좌걸, 그런 겁쟁이가 아님을 잘 아시지 않습니까."

"알긴 뭘 알아."

곽도산의 얼굴이 일그러져 가자 좌걸은 바로 상황을 설명했다.

"그 고수 놈이 보름 내로 돈을 갚는다고 했습니다. 그래서 일단은 상황을 보고자 물러섰습니다."

"보름 내로 돈을 갚아?"

"예. 그 말대로만 된다면……."

그 순간, 곽도산이 다탁 위에 놓여 있던 화병을 집어 좌걸의 머리로 집어 던졌다.

쨍그랑!

뜬금없이 병에 얻어맞은 좌걸이 눈을 꿈뻑거렸다.

"이 멍청한 놈아! 누가 돈을 받아 오라고 했느냐! 돈을 빌미로 성수장의 간판을 내려 버리든가, 다시는 재기할 수 없도록 뒤집어엎어 버리라고 하지 않았느냐! 그런데 뭐? 보름 내로 돈을 마련하겠다고? 그 말을 듣고 네놈은 그대로 물러났다는 말이냐?"

좌걸이 다시 고개를 바닥에 처박았다.

"일단은 그놈의 정체를 파악하는 것이 옳다고 생각했습니다."

"입에 기름이라도 바른 듯하구나. 이번 일이 잘못된다면 그 기름 바른 혀부터 잘라 버리겠다!"

"결코 그런 일은 없을 것입니다."

"제길."

곽도산의 머리가 빠르게 회전하기 시작했다.

"이 일을 제대로 처리하지 못하면 그분들이 진노하실 것이다. 그렇다면 우리 흑지주방은 주춧돌까지 모두 한 줌의 재가 되어버릴 것이야!"

말을 하는 곽도산의 얼굴에 두려움이 내려앉았다.

좌걸은 그 모습을 보며 몸을 떨었다.

호북 흑도계의 전설이라 불리는 곽도산이 저렇게 두려움에 떨어야 할 존재가 있다니.

대체 이 일을 조종하고 있는 이는 누구란 말인가.

"좌걸."

"예, 방주님."

"애들을 붙여주겠다. 네가 해야 할 일이 무엇인지 알겠느냐?"

"……그놈을 칩니까?"

"에잉!"

곽도산이 인상을 쓰자 좌걸이 속으로 궁시렁거렸다.

'내가 말만 해서 알아들으면 이 바닥에서 구르고 있겠 냐?'

"그 고수라는 놈이 어느 정도 능력을 갖췄는지 알지도 못하는데 뭘 어쩌겠다고? 괜히 건드렸다가 그게 벌집이면 네놈이 감당할 테냐?"

"아닙니다."

"흑도에서 목을 붙이고 살려면 돌다리를 백번, 천번 두 드리고 건너야 한다고 몇 번을 말하느냐! 그리고 그 고수라 는 놈이 어리다고 했지?"

"예."

"강호에서 제일 조심해야 할 것들이 어린놈들과 노인, 그리고 약해 보이는 여자다. 그 어린놈이 제 스스로 나서 서 우리의 일을 방해했다면, 분명 믿는 구석이 있을 것이 다."

"……지당하신 말씀이십니다."

"그러니 그놈을 치는 일은 보류한다. 네가 해야 할 일은 무슨 수를 써서라도 성수장 놈들이 돈을 내지 못하게 만드 는 것이다. 알겠느냐?"

"예!"

그 후로 몇 가지 당부를 더 받은 좌걸이 방주실에서 물러나 밖으로 나왔다.

"말이야 쉽지."

좌걸은 한숨을 내쉬었다.

흑지주방주 곽도산의 이름을 믿고 가입했건만, 이 직장도 지옥직장의 느낌이 난다.

"적당히 하고 이직해야지."

집에 있는 토끼 같은 자식과 곰 같은 마누라를 생각하면 더럽다고 때려치울 수도 없었다.

"내가 결혼은 왜 해서……."

좌걸의 눈에 이슬이 맺혔다.

* * *

"진소아라고 했지?"

"……."

진소아는 황당과 당황을 적절하게 담은 눈으로 위연호를 바라보았다.

방구석에서 절대로 밖으로 나오지 않던 인간이 웬일로 바깥공기를 쐬고 있나 했더니, 하는 말이 뭐? 네가 진소아냐고?

이 인간이 이 집에서 밥을 탐한 지가 이미 달포는 되어가는 기분인데 이제 와 그의 이름을 묻는 것을 보니, 기가 막히다 못해 코가 막힐 지경이었다.

'이게 화병이구나.'

뱃속부터 끓어오르는 무언가를 느낀 진소아는 그동안 책으로만 보아왔던 화병의 증례를 몸으로 체험하여 의학적으로 한 걸음 더 나아갈 수 있었다.

그렇다면 고맙다고 해야 할 일이지만…….

'고맙기는 개뿔이!'

진소아가 빠득, 이를 갈았다. 이게 고마우면 세상에 고맙지 않을 일이 대체 뭐가 있겠는가! 다 고맙지!

"예, 진소아입니다."

"내가 생각을 해봤는데……."

"생각이요?"

"응."

위연호가 머리를 슬쩍 긁었다.

"아무리 생각해 봐도 이대로는 답이 없는 것 같아."

"……굳이 그렇게 생각하지 않으셔도 답은 없지요."

"응. 내가 생각해도 상황이 심각하니까."

"그래도 자각은 있으시네요."

"응?"

"네?"

"뭔 이야기를 하는 거야?"

"본인 말씀하고 계신 것 아니었어요?"

순간, 위연호가 인상을 확 썼다.

"내가 답이 없어?"

진소아가 무척이나 진지한 얼굴로 되물었다.

"솔직한 대답을 원하십니까?"

"······아니."

위연호는 듣지 않기로 했다.

세상에는 가끔 모르고 사는게 더 속편한 일도 있기 마련이니까.

"여하튼 내 생각에는 어떻게든 돈을 마련해 봐야 하지 않겠어?"

"저도 그렇게 생각은 하지만, 돈이 나올 구석이 없는데 뭘 어떻게 합니까?"

"······의원이라는 놈이 무능하기는."

진소아가 울컥하여 외쳤다.

"저도 돈을 벌기 싫어서 이러는 게 아니지 않습니까! 누님이 저리 완고하시니."

"그러게. 참 독특한 여자야."

보통은 자신의 일신의 안위를 챙기고 나서 다른 이들을 돌보기 마련인데, 진예란은 그게 반대가 된 느낌이었다.

하지만 진소아가 호구인 것도 틀림없었다.

"사람이 땅만 파먹고 살 수는 없잖아?"

"저도 그리 생각합니다."

"그 좋은 의술을 배웠으면 돈도 좀 벌고 편히 살아봐야지."

"······편히 사는 것까지는 아니더라도 마음 졸이지 않고 살아보고 싶습니다."

"그렇지."

위연호가 연신 고개를 끄덕였다.

마음을 졸이면서 산다는 것이 얼마나 불편한 일인가.

그도 백무한과 함께 있을 때는 한시도 편히 살아본 적이 없었다.

"그러니 일단은 돈을 마련해서 갚아야 하는데······."

"예."

"그래서 얼마야?"

"정확하게는 저도 잘 모르지만, 듣기로는 대충 금자로 스무 냥 정도라고 알고 있습니다."

순간, 위연호의 눈두덩이 푸들푸들 떨렸다.

"어, 얼마?"

"금자 스무 냥."

위연호의 머리가 무척 느릿하지만 확실하게 회전하기 시작했다.

그러니까 금자로 스무 냥이라는 거였다.

그럼 은자로는 이천 냥.

은자 하나면 웬만한 집이 한 달은 지낼 수 있으니까, 은자 이천 냥이면…….

위연호의 머리에서 김이 뿜어져 나오기 시작했다.

"내가 계산이 잘 안 되는데, 이게 이상한 건가?"

"괜찮습니다. 보통 비슷한 반응을 보이시더라구요."

"그만한 빚을 지는 게 더 대단한 거 아닌가?"

"원래는 백 냥이 넘었습니다. 가지고 있던 재산을 처분하여 거의 다 갚고 겨우 그 정도가 남은 거라고 하더군요."

"그, 그래?"

위연호가 진소아에게 다가가 그의 어깨에 팔을 두르더니, 은근히 말을 했다.

"거 봐. 너희 집 엄청 잘살았잖아. 의원이 가난한 사람한테 봉사한다는 건 다 헛소리라니까? 너희 아버지만 하더라도 그만큼 받고 살았으니 그 돈을 유지한 거 아냐? 안 그래?"

"……."

진소아는 뭔가 항변하고 싶었지만, 위연호의 말이 다 사실이라 대답할 말이 곤궁했다.

"으음, 어쨌든 금자 스무 냥이라는 거지? 금자 스무 냥……."

위연호가 먼 하늘을 바라보았다.

오늘따라 하늘은 우라지게 맑았다.

"어쩔 수 없지."

위연호가 결심을 굳힌 듯 고개를 끄덕였다.

"도, 돈이 있으십니까?"

"돈?"

위연호가 고개를 갸웃했다.

"무슨 돈?"

"금자 스무 냥이요."

"얘가 미쳤나?"

위연호가 진소아에게 삿대질을 했다.

"내가 그만한 돈이 어딨어! 그리고 돈이 있다고 치더라도 내가 그 돈을 왜 줘야 하는데? 없이 살더니 남 돈은 땅파면 나오는 줄 알아?"

물론 돈은 땅을 판다고 해서 나오지 않는다.

지나가던 호구 같은 전장 주인을 협박했을 때나 나오는 게 돈인 법이다.

"그럼 그 돈을 다 어떻게 합니까?"

"벌어야지."

"어떻게요?"

"눈에는 눈! 이에는 이!"

위연호가 가볍게 이를 갈았다.

"무슨 말씀이신지?"

위연호가 하는 말을 도무지 이해하지 못한 진소아가 고개를 갸웃거리자, 위연호가 씨익 웃으며 입을 열었다.

"네 아버지가 패가망신했다던 도박판이 어디냐?"

진소아의 두 눈이 흔들렸다.

＊　　＊　　＊

"오늘도 나가린가?"

호북 뒷골목의 도수(賭手)들은 모두 모인다는 호북 최대의 도박장, 금화장(金花場)의 장주인 강천립(姜千立)은 기분이 좋지 않았다.

"이래서야……."

도박장이란 기본적으로 도박판에서 벌어지는 수수료를 받아먹고 사는 곳이다.

잘 모르는 얼뜨기들이나 도박장에서 마련한 도수들이 도박장을 찾은 이들과의 승부에서 이겨 돈을 뜯어먹는다고 생각하기 마련이지만, 실제로 그런 식의 승리가 반복되다 보면 아무도 도박장을 찾지 않게 된다.

당장의 한탕이야 벌 수 있겠지만 가기만 하면 숙련된 도수들에게 패한다는 것을 알아챈 도박꾼들은 결국 다른 도박장을 찾기 마련이고, 그렇게 되면 도박장은 끝이었다.

그러니 도박장이라는 곳은 도박꾼과 도박꾼들 사이를 중재해 판을 벌려주고, 그 판에서 일정 금액을 떼어 받는 것으로 수익을 올리기 마련이었다.

하지만 그것도 계속되다 보면 지루해지기 마련.

적당한 호구가 나타나면 소위 말하는 작업을 쳐서 벗겨 먹는 것 역시 도박장의 올바른 덕목이라 할 수 있었다.

특히나 이러한 판에 연관되지 않은 젊은 양갓집 자제라든가, 도박판이 어찌 돌아가는지 모르는 순진한 부자들이 도박판을 찾는 날이 벌어지면, 그날은 소를 잡아 잔치를 벌이는 날이었다.

하지만 최근에는 마가 꼈는지 근 몇 달 동안 그런 호구가 도박장에 전혀 나타나지 않고 있었다.

'소문이 과하게 났나?'

아무래도 이전에 성수장주를 제대로 물 먹인 것이 소문난 모양이었다.

어느 도박장에 누군가가 들러서 패가망신을 했다는 소문이 나버리면, 돈 있는 이들은 자신도 같은 꼴이 될까 봐 그 도박장을 멀리하기 마련이었다.

"에잉, 너무 대놓고 일을 벌였어."

상황이 상황이라 어찌할 수 없는 일이지만, 덕분에 손해가 이만저만이 아니었다.

이대로라면 이번 달의 수익도 보잘것없을 것이 빤했다. 이러다가는 그의 능력도 의심을 받을 수 있었다.

"방법을 마련해야 하는데……."

새로운 도박이라도 하나 마련해야 하는가 하는 고민을 하려던 찰나, 문이 벌컥 열리더니 웬 사내가 헐레벌떡 안으로 뛰어 들어왔다.

"자, 장주님!"

"왜왜! 관가에서 돈이라도 받으러 나왔냐! 넌 왜 항상 이렇게 별것도 아닌 일에 호들갑을 떠는 거냐!"

"별것 아닌 일이 아닙니다! 떴습니다, 떴어요!"

"뭐가 떴는데?"

"호구가 떴단 말입니다!"

와장창!

강천립이 자리에서 벌떡 일어나며 책상 위의 찻잔들이 바닥으로 떨어졌다.

하지만 강천립은 그런 사소한 것에 신경을 쓸 여력이 없었다.

"뭐? 호구? 확실하냐?"

"그렇다니까요! 누가 봐도 호구입니다, 호구!"

"금전은? 돈은 얼마나 들고 왔느냐? 장기냐, 단기냐?"

"슬쩍 확인해 본 결과로 보면, 최소 금전 세 냥 이상을 들고 왔습니다."

"세 냥?"

강천립의 눈에서 형형한 안광이 뿜어져 나왔다. 얼마나 밝은 빛이 뿜어져 나오는지, 순간 방이 환해졌다고 느낄 지경이었다.

"왔구나!"

돌아가신 선친이 무덤에서 살아 돌아온다 해도 이렇게 기쁘지는 않을 것이다.

강천립은 어깨춤이 절로 났다.

"가, 가자! 어서 가자꾸나!"

"잠시만요."

"왜? 또 무슨 일인데!"

"아무래도 이 호구 놈이 도박장 초짜 같습니다. 그런 놈을 장주님이 직접 상대하시다 보면 애가 겁을 먹지 않겠습니까?"

"그, 그렇겠지."

"그러니 일단은 좀 지켜보시죠. 적당히 따게 해주고 큰 판으로 끌어들이는 게 어떻겠습니까?"

"좋다! 좋아!"

강천립은 신이 나서 연신 고개를 끄덕였다.

이러면 어떠하고, 저러면 또 어떠한가.

지금 금자 세 냥이 눈앞에 있는데.

'세 냥이라니!'

금자 세 냥이면 몇 달 동안 손가락만 빨던 손해를 모조리 메우고도 남았다. 아니, 그뿐이 아니라 제대로 한 건을 올리는 것이었다. 포상이 내려질지도 몰랐다.

"독비(獨臂)! 독비는 어디 있느냐?"

"지금 불러두었습니다."

"클클클, 독비까지 준비가 된다면 걱정할 것이 없지."

강천립은 쿵쾅대는 심장을 진정시키며 천천히 방을 나섰다. 직접 상대하지는 못한다 해도 먼발치에서나마 제대로 된 호구가 맞는지 확인할 필요가 있었다.

"가자!"

"예."

강천립의 입가에 푸근한 미소가 피어올랐다.

'오늘은 회식이다.'

꿈을 너무 일찍 꾸고 있는 강천립이었다.

"호구 맞지 않습니까?"

강천립은 신중한 눈으로 비단옷을 입고 있는 소년을 보았다.

도박판에서 구르기를 수십 년.

이제는 대충 얼굴만 보아도 그놈이 꾼인지 호구인지를 구분할 수 있는 강천립이었다. 예리한 안목이 분석을 시작하고, 이내 결론을 내린 강천립이 손뼉을 마주쳤다.

"장구야."

"예, 장주님."

"문 닫아라."

"예?"

"손님 더 안받아도 된다. 오늘 여기에 재신(財神)이 뜨셨다."

"그, 그 정도입니까?"

"아무리 비단으로 포장을 해도 물건 값을 올리지는 못하는 법이지. 봐라."

강천립이 비단옷을 입고 있는 소년을 가리켰다.

"저 반쯤 감겨 흐리멍덩한 눈, 밖을 돌아다녀 본 적이 없어서 새하얗기만 한 피부! 소매 아래로 보이는 손에는 굳은살 한 점 없구나. 골패는커녕 숟가락도 제 손으로 별로 들어본 적 없는 놈이다."

"과연!"

"게다가 저 비단옷은 비쌀 뿐 아니라 새 옷이구나! 보나마나 대갓집의 공자가 바깥구경을 하겠답시고 밖으로 나왔다가 이곳까지 굴러든 것이겠지!"

"지당하십니다!"

"음하하하핫! 오늘 재신이 떴구나! 혹시 모르니까 창문이란 창문에는 모두 소금을 쳐서 신이 나갈 곳을 막고, 밖에서 들어올 잡귀를 쫓아라."

"그 비싼 소금을 말입니까?"

"비싸? 금화 세 냥이 우리 것인데 비싸다니! 마음껏 치거라!"

"예! 장주 어른!"

장구가 후다닥 뛰어가자 강천립은 음흉한 미소를 지으며 소년을 바라보았다.

"끌끌끌, 이게 웬 호박이냐. 성수장주를 작업하고는 한동안 손가락만 빨 줄 알았더니, 오늘 또 이런 재신이 굴러들어오는구나."

강천립의 흐뭇한 시선을 받는 호구(?)는 상황이 어찌 돌아가는지 전혀 짐작도 하지 못했는지, 연신 하품을 하며 주위를 둘러보고 있었다.

"여기가 그 도박장인가?"

"예."

비단옷을 입은 호구는 물론 위연호였다.

이곳에 들어오기 위해서 웬만하면 열릴 일이 없는 위연호의 전낭이 열렸고, 무려 거금 은화 한 냥을 지급하고서야 비단옷을 사 입을 수 있었다.

"끄응."

하지만 위연호는 영 불편하다는 얼굴로 옷을 자꾸만 뒤적거렸다.

"가만히 좀 계십시오!"

"불편한데 어떻게 하냐, 그러면."

"비단옷 처음 입어봅니까?"

"응."

"……."

"너는 입어본 적 있는 것처럼 말한다?"

"저야 어릴 적에 많이 입어봤지요."

"돈 많은 집안 자식이라 좋겠다."

위연호가 툴툴대자 진소아는 그냥 입을 다물어 버렸다. 여기서 둘이 계속 투닥대다가는 금방 사단이 날 것이다.

"그런데 너, 얼굴 안 가려도 되냐?"

"이 사람들과 저는 마주친 적이 없습니다. 그러니 굳이 얼굴을 가리는 것이 더 의심을 살 겁니다."

"그래? 그럼 뭐, 다행이지만."

"그보다 그만 좀 두리번거리십시오!"

진소아는 지금 위연호를 수행하는 하인으로 분장을 하고 있었다. 나이도 진소아가 더 어린데다 안타깝게도 의원이라는 직업과는 다르게 영양 섭취가 좋지 못한 관계로 하인 복장이 너무도 잘 어울렸다.

"에헴! 이놈아! 제대로 안내하지 못할까!"

"……예."

진소아는 눈에서 자꾸 차오르는 눈물을 훔쳤다.

'내가 이게 무슨 꼴인가······.'

아무리 돈을 버는 일이라지만, 이렇게까지 하는 것이 맞는 일일까?

게다가 도무지 이놈을 믿을 수가 없었다.

그의 아버지가 도박판에서 패가망신을 해서 이 꼴이 된 것인데 그걸 도박판에서 되갚자니, 정신이 제대로 박힌 놈이면 결코 할 수 없는 생각이었다.

거품을 물고 반대했지만, 위연호가 졸린 눈으로 내뱉은 단 한마디 덕분에 아주 깔끔하게 인정할 수밖에 없었다.

"니 돈 나가냐?"

아니지.

종자돈을 보태주고 싶어도 보태줄 돈이 하나도 없었다. 그러니 결국 패가망신을 해도 위연호가 하는 것이고, 말아먹어도 위연호가 말아먹는 것이다.

그러니 진소아로서는 그냥 굿이나 보다가 떡이나 먹으면 그만이었다. 위연호가 돈을 따서 그들의 빚을 갚아준다면 그보다 더 좋은 일이 있을 수 없고, 위연호가 돈을 잃는다고 해도 그들이 손해 보는 것은 없으니, 결국 달라질 것은 없었다.

그러니 분명 이득을 보는 일인 게 맞는데…….

'왜 이리 불안한 건가.'

가슴에 뭐라도 얹은 것마냥 갑갑한 것이, 체기가 있는 느낌이었다.

특별히 제조한 소화제를 먹었는데도 배 속에 돌이라도 넣은 양 묵직했다.

"끄응."

진소아는 한숨을 내쉬며 마음을 다잡았다.

'믿어봐야지.'

믿음은 죽어라고 안 가지만, 그래도 분명 능력이 있는 놈이니까 이 어린 나이에 어사 직을 수행하고 문유환 숙부님으로부터 소개장을 받아 온 것이 아니겠는가.

경력과 지위로만 보자면 더없이 믿음이 가야 할 사람인데, 사람 대 사람으로 알게 되니 신뢰가 안 간다는 것은 정말이지 웬만해서는 겪을 수 없는 경험이었다.

"뭘 그리 보느냐!"

"아, 아닙니다."

순간, 대갓집 아들로 빙의한 위연호를 보며 진소아는 나직하게 이를 갈았다.

"그건 그렇고……."

위연호가 주위를 연신 두리번거렸다.

실제로 그는 도박장이 처음이라 보이는 모든 것이 신기하기만 했다.

"장난 아니네."

도박장이다 보니 움직이는 사람은 거의 없고, 대부분 자리를 깔고 앉아 도박을 하거나 도박하는 이들을 지켜보고 있는 것뿐인데도 이상한 열기가 후끈후끈했다.

"아이고, 공자님!"

그리고 주위를 두리번거리는 위연호를 보고 누군가가 마구 뛰어왔다.

"아이쿠, 공자님. 이 누추한 곳에 어찌 방문을 해주셨습니까?"

위연호는 갑자기 친한 척을 하는 쥐 상의 사내를 보며 어리둥절해 물었다.

"절 아세요?"

"알다마다요. 오늘을 즐기러 오신 손님 아니십니까."

"허허."

위연호는 빙그레 웃고 말았다.

"여기서는 뭘 하고 놀아야 하나요?"

"아이고, 공자님! 말씀 낮추십시오!"

"으흠."

위연호는 어색하게 헛기침을 했다.

"그, 그래. 이곳에서는 무엇을 하고 놀아야 하는가?"

"예이, 공자님. 색다른 즐거움을 찾아오셨군요. 그렇다면 잘 오셨습니다. 저희 금화장에서는 세상에서 즐길 수 있는 모든 종류의 도박을 즐기실 수 있지요."

"모든 종류?"

"예. 추패구(推牌九)부터 시작해서 골패(骨牌) 주사위, 동기(同琪), 호량패(護糧牌) 등의 각 지역 도박부터 장기와 바둑을 비롯한 신선놀음까지…… 돈을 걸고 돈을 받아가는 일이라면 무엇이든 하실 수 있습니다."

"흐음, 바둑이라……."

위연호가 고개를 끄덕이자 사내가 슬그머니 위연호를 찔러 들어왔다.

"바둑! 예, 바둑 좋지요! 그야말로 신선들의 놀이 아니겠습니까? 하지만 이곳은 도박장! 평소에 다른 곳에서도 즐기실 수 있는 놀이를 하시는 것보다는 이곳에서만 즐길 수 있는 놀이를 즐겨보심이 어떠실는지요?"

위연호가 곤란하다는 듯이 턱을 긁었다.

"그러면 좋겠지만, 내가 하는 법을 잘 몰라서……."

"그건 걱정 안 하셔도 됩니다. 세 살 아이부터 여든 먹은 노인까지 모두가 즐길 수 있는 놀이들이 준비되어 있습니다."

"호오?"

위연호가 솔깃한 듯하자 사내가 팔을 잡더니 한쪽으로

끌고 갔다.

"이쪽으로! 이쪽으로 오시지요! 이 놀이는 직접 보셔야
합니다."

"어흐흠."

위연호가 낮게 헛기침을 하더니, 체면이 상한다는 듯 팔
자걸음으로 사내의 뒤를 따랐다.

'노련한 것 보소.'

저건 누가 보아도 금방 대갓집에서 나온 대갓집 자제가
아닌가.

진소아는 위연호의 태연한 연기력에 감탄할 수밖에 없었
다.

'아니, 정말 그럴지도 모르지.'

가난한 집에서 태어났다면 저럴 수가 없다. 사람이 가난
하면 부지런하지 못하면 굶어 죽어야 하는 것이 세상의 이
치 아닌가.

그런데 위연호는 게으르기 짝이 없으니 그리 게으름을
피워도 입으로 밥이 들어갈 수 있는 부잣집 태생이라 보는
것이 더 옳을 것이다.

진소아가 위연호의 정체에 대해 추리하는 동안 사내는
어느새 두 사람을 한쪽으로 안내하고 있었다.

"이것입니다."

"흐음?"

위연호가 그의 앞에서 벌어지고 있는 도박판을 보며 고개를 갸웃했다.

"이게 뭔가? 주사위 같기도 하고?"

"이것은 음양(陰陽)이라는 놀이입니다."

"음양?"

"그렇습니다. 저희 업소에서 가장 인기가 있는 놀이이지요. 방법은 아주 간단합니다. 저 용기에 저 쇠구슬들을 담고 흔듭니다. 저 작은 쇠구슬들이 용기 안에서 흔들리다 보면 바닥으로 떨어지겠지요. 그러다가 용기를 바닥에 내려놓았을 때, 용기 안의 쇠구슬이 홀수인지 짝수인지를 맞추는 것입니다."

위연호가 고개를 갸웃했다.

"그게 어려운가?"

"그럴 리가 있겠습니까! 쉽지요. 쉬우니까 사람들이 좋아하는 것 아니겠습니까? 규칙이 복잡한 여러 도박들도 나름의 재미가 있겠지만, 빠르게 걸고 빠르게 따고! 거기다가 맞출 확률도 절반이나 되는 놀이가 아닙니까. 공자님의 화끈하신 성정에 잘 맞을 겁니다."

언제 봤다고 자신의 성정까지 파악하고 있는지는 모르겠지만, 위연호는 나름 납득했다.

'오래 걸리는 건 별로.'

위연호는 고개를 끄덕였다.

"그럼 이걸로 한 번 놀아볼까?"

"예이. 얘들아, 뭐하느냐! 여기 의자 가지고 와라!"

"예!"

금세 번쩍이는 황금색으로 도색된 의자가 옮겨져 왔고, 위연호는 태연하게 그 위에 앉았다.

"……저는?"

진소아가 멀뚱히 의자를 찾자 사내가 눈을 부라리더니 대뜸 뒤통수를 후려쳤다.

"아악!"

"어디 천한 것이 공자님과 같은 곳에 앉으려 하는 거냐! 너는 옆에 바닥에나 앉거라."

"끄응……."

진소아는 자신의 처지를 실감하며 바닥에 주저앉았다.

"그래! 너는 바닥에나 앉거라!"

진소아가 고리눈을 뜨고 위연호를 노려보자, 사내가 다시금 진소아의 뒤통수를 후려쳤다.

"아악!"

"이런 버르장머리 없는 놈이!"

"쯧쯧, 놔두게. 천것을 동생처럼 키웠더니, 가끔 저리 버릇없는 짓을 하더군."

"쌍놈들을 처맞아야 정신을 차리는 법입지요. 헤헤."

"자네 말이 맞는가 보이. 에잉."

위연호가 혀를 차자 진소아는 화가 올라 숨이 넘어갈 지경이었다.

어디 멀쩡한 사람을 쌍놈을 만든단 말인가.

하지만 지금 상황에서 무슨 말을 할 수 있을 리가 없었다.

진소아는 묵묵히 입을 닫고는 바닥을 바라보며 참을 인을 마음에 새겼다.

"자, 그럼……."

위연호가 앞을 둘러보자 커다란 태극 문양의 판이 중앙이 갈라진 모양으로 놓여 있었다.

"홀수라 생각되시면 이쪽에, 짝수라 생각되시면 저쪽에 돈을 놓으시면 됩니다."

"그렇군."

위연호가 고개를 끄덕였다.

"그런 반대 칸에 걸린 돈을 내가 다 가지는 건가?"

"그렇지 않습니다. 그럼 한쪽에만 돈이 걸리면 아무도 잃지도, 따지도 못하겠지요. 저희가 셈을 해서 정확하게 두 배를 돌려드립니다."

그냥 듣자면 합리적인 소리지만, 속내는 달랐다.

판돈을 서로 가져가는 형식이라면 그저 수수료를 뗄 수 있을 뿐이지만, 건 돈의 두 배를 돌려준다면 적게 걸린 쪽을 이기게 했을 때, 더 많은 돈을 업주 쪽에서 가져갈 수 있는 것이다.

"그렇군."

위연호는 고개를 끄덕이고는 느릿하게 전낭을 꺼냈다.

"그럼 어디 한 번 즐겨볼까?"

위연호의 입가에 미소가 피어났다.

"잘하고 있군."

강천립은 의자에 앉은 위연호를 보며 연신 고개를 끄덕였다.

"끌끌끌끌."

참으려 해도 자꾸 웃음이 났다.

호구가 들어오면 무는 방법은 간단하다. 적당히 잃고 따기를 반복하게 하다가 한 번에 돈을 왕창 따게 만든다.

그러고는 그 기분에 취한 호구의 돈을 다시금 슬금슬금 갉아먹다가 다시 왕창 따게 만들도록 하기를 반복하면 되는 것이다.

도박이 왜 도박이겠는가.

중독이 되기 때문에 도박인 것이다.

한 냥을 가지고 도박을 하다가 다섯 냥으로 늘린 사람이 세 냥을 잃으면 어떻게 될까?

도박을 하지 않은 사람들이 지켜본다면 남은 돈이 두 냥이니, 한 냥을 번 것이라 생각하겠지만, 천만의 말씀.

도박을 하는 이들의 머릿속에서는 이미 다섯 냥이 본전이 되는 것이다. 그러니 그들은 자신들이 세 냥을 잃었다고 생각한다.

도박꾼이 말하는 본전 생각이라는 것은 처음 자신이 투자한 돈을 말하는 것이 아니라, 자신이 땄던 최대치를 말하는 것이다.

옆에서 지켜본다면 미련스럽고 이상하다고 생각할지 모르겠지만, 도박에 빠져든 이들은 하나같이 같은 반응을 보였다.

그것이 도박의 마성인 것이다.

"호구 하나 무는 건 일도 아니지."

게다가 금화장은 무수한 호구를 물어왔던 유서 깊은 경력이 있는 도박장이 아니던가. 지금 저기서 작업을 치고 있는 놈들 하나하나가 호북에서 날리던 꾼들을 비싼 돈 주고 사 온 것이다.

저런 어리숙한 놈 하나 작업하는 것은 일도 아니었다.

강천립이 오늘 번 돈 중에서 얼마쯤을 빼돌려야 뒤탈이 없을까 하는 즐거운 상상을 하고 있을 때, 앞쪽에서 '우와!' 하는 함성이 들려오기 시작했다.

"응?"

강천립이 다시금 위연호가 있는 쪽을 주시했다.

"저, 저게 얼마지? '

강천립이 눈을 비비고는 다시금 위연호가 있는 쪽을 바라보았다.

　"저, 저게 지금?"

　강천립의 이마에 식은땀이 흘러내리기 시작했다.

24장

게으름뱅이, 돈을 벌다

은자.

은으로 만든 돈.

금자와는 다르게 열심히 일만 한다면 한 번쯤은 손에 넣는 것이 그리 어렵지는 않은 금액.

그렇기에 은자를 보고 놀라는 사람은 없다.

보통은 말이다.

하지만 강천립은 지금 은자를 보고 놀라고 있었다.

위연호의 앞에 그의 머리보다 더 높은 은자의 탑이 쌓이고 있었다.

"저, 저거 너무 심한 거 아닌가?"

물론 호구를 작업하려면 적당히 돈을 따게 해주어야 하는 것이 상식이다. 많은 돈을 따내려면 그만큼 많은 돈을 따게 해주는 것이 상식이고.

하지만 그렇다 하더라도 저건 너무 많은 돈이 아닌가.

은자가 저만큼 쌓이면 금자로 얼마인가.

평생을 도박장에서 살아오다시피 한 강천립이 일순 계산을 하지 못하고 눈을 끔뻑끔뻑 떠야 할 만큼 위연호의 앞에 쌓인 은자의 양은 어마무시했다.

"장주님, 소금 다 치고 왔습니다!"

장구가 그를 향해 달려오자 강천립은 떨리는 목소리로 물었다.

"장구야."

"예, 장주님."

"이리 말하다 보니 니가 장주 같구나."

"예?"

강천립은 말없이 인상을 썼다.

저놈, 내가 개명하라고 몇 번이나 말을 했는데 왜 개명을 안 하는 걸까!

"저, 저건 좀 너무 심하게 따게 해주는 거 아니냐? 저것만 해도 금자 세 냥은 되어 보이는데?"

"예? 저는 작업하라고 지시한 적이 없는데요?"

"뭐?"

강천립의 눈이 부르르 떨렸다.

"장주님께서 일단 소금부터 치라고 하지 않으셨습니까. 소금을 다 치기도 전에 작업에 들어가면 마가 낄 것 같아서 일단은 아무 말을 안 했지요."

"마가 낀다고?"

"예. 그리 말씀하시기에……."

강천립은 허탈하게 웃었다.

"그래, 네 말이 맞다. 소금도 다 치기 전에 작업에 들어 갔으니 마가 끼는 것이야 당연한 일이지."

"네?"

"……저거 안 보이냐?"

고개를 갸웃거리며 강천립이 가리킨 곳을 본 장구의 입이 떠억 벌어졌다.

"세, 세상에."

강천립은 허허거리며 웃더니, 이를 꽉 깨물고는 웅얼대며 말했다.

"가서…… 독비 불러와라! 어서!"

"예, 장주님!"

부리나케 달려가는 장구를 돌아보지도 않은 채 강천립은 위연호의 뒤통수를 노려보았다.

"감히 금천장을 우습게 보다니……."

위연호가 들었으면 매우 억울해할 소리였다.

"귀가 가렵네."

위연호는 귀를 손가락으로 벅벅 긁더니 입으로 후, 불었다.

"잠도 오고."

이 의자는 매우 편안하다.

가능하다면 눈앞에 있는 은자로 사 가고 싶을 만큼이나 편안했다.

편안함은 언제나 좋은 것이다.

특히나 위연호 같은 게으름뱅이에게 편안함이란 삶의 목적과도 같았다.

하지만 안타까운 점은 이 의자는 편안하다 못해 너무 편안하다는 것이다.

편안함이 심하다 보면 잠이 오기 마련이다. 위연호는 자꾸 감기는 눈꺼풀을 강제로 들어 올렸다.

"하암!"

크게 하품을 해 잠을 쫓아낸 위연호가 눈앞에서 격렬하게 흔들리는 용기를 뚱한 눈으로 바라보았다.

도수의 손에 들린 용기가 허공을 어지러이 휘젓다가 마침내 바닥에 내려섰다.

틱!

조금은 날카로운 듯 들리는 소리와 함께 도수가 용기에

손을 댄 채 천천히 고개를 들어 올렸다.

"거시오!"

어느새 위연호의 등 뒤에는 다른 도박꾼들이 인산인해를
이루고 있었다.

상황이 심상치 않게 돌아간다는 것을 파악한 도박장 측
에서 다른 도박꾼들의 참가를 막았기에 돈을 걸 수는 없지
만, 간만에 강림한 제대로 된 꾼을 보겠다는 일념으로 다들
판을 구경하고 있는 것이다.

"음······."

"······액수는?"

"전부."

순간, 여기저기서 탄성이 튀어 나왔다.

"크으!"

"대단하다."

"이번에도 전부야!"

뒤에서 지켜보던 이들이 다들 '우와!' 하며 소리를 지르
기 시작했다.

그도 그럴 것이, 그들의 눈앞에 있는 비단옷 소년은 아까
부터 계속 돈을 전부 걸고 있었다. 처음에는 은자 한 냥으
로 시작한 판돈이 점점 불어나더니, 지금은 은자만 해도 오
백 냥 가까이 쌓여 버렸다.

"이번에도 이기면 얼마야?"

"천 냥이지!"

"천 냥! 세상에! 천 냥이라니! 금자로 해도 열 냥 아닌 가!"

"판돈이 엄청나군."

"내가 여기서 본 판 중에 가장 큰 판 같은데?"

도수의 이마에 식은땀이 흘러내리기 시작했다.

'이놈은 대체 뭐지?'

음양은 따로 잔 수가 있을 수 없는 도박이다. 차라리 주사위 같은 것이라면 기술이 들어갈 수 있겠지만, 워낙 자잘한 쇠구슬을 사용하여 개수를 맞추는 도박이다 보니 안에 든 내용물을 모조리 꿰고 있지 않은 이상은 인위적으로 조작하기가 힘들었다.

그렇기에 따기도 쉽지만 잃기도 쉬웠다.

판을 반복할수록 잃을 확률은 기하급수적으로 늘어나기 마련이고, 쉽게 돈을 번 이들은 다들 쉽게 다음 판으로 넘어가다가 결국은 처음 건 돈을 모두 잃고 손을 털기 마련인 것이다.

'무려 아홉 판이다.'

하지만 눈앞의 이 비단옷 청년은 아까부터 귀신이라도 들린 듯 아홉 판 연속으로 이기고 있었다.

다른 도박이었다면 속임수를 의심해 볼 만도 하겠지만, 이 음양만은 결코 속임수가 끼어들 수 없는 것이다.

'이번에는 아니겠지.'

도수의 등은 어느새 흘러내린 땀으로 축축이 젖어 있었다. 이번에도 잃는다면 한 식경도 되지 않는 시간 동안 금자 열 냥에 달하는 돈이 날아가는 것이다.

도수는 결코 그럴 일이 없다고 마음을 다독이며 천천히 용기를 들어 올렸다.

'양이어야 해!'

저놈이 음에 전부를 걸었으니, 양이 나오기만 하면 지금까지의 손해를 단 한순간에 모두 만회할 수 있다. 그러니……

'양! 양이어야 한다! 양!'

도수가 용기를 잡은 손에 힘을 주고는 힘차게 들어 올렸다. 그와 동시에 그의 눈은 재빠르게 아래로 향해 쇠구슬의 숫자를 세기 시작했다.

'하나, 둘, 셋, 넷……'

하지만 그의 눈보다 위연호의 입이 더 빨랐다.

"음, 스물네 개. 음이네."

잠시 정적이 흘렀다.

위연호의 말이 맞는지를 확인하기 위해서 모두가 쇠구슬의 수를 세기 시작한 것이다.

"스, 스물넷 맞아!"

"음이다! 음이야!"

"천 냥이다!"

"우와아아아아아아아!"

환호성이 터져 나왔다. 보통 다른 사람이 돈을 많이 벌면 질시를 하기 마련이지만, 도박장에서 큰 도박이 나면 도박꾼들은 도박 자체를 즐기게 된다.

허탈함이 찾아오는 것은 나중의 일이고, 지금 당장은 그저 판돈이 자기의 것이 된 것인 마냥 즐기고 소리치게 되는 것이다.

"천 냥이다!"

"도신이다! 도신이 났어!"

"으하하하핫! 이런 승부를 보게 될 줄이야!"

금화장 전체가 떠나갈 듯 들썩거렸다.

"우와아아아아! 공자님! 이겼어요, 이겼다구요!"

진소아마저 상황을 잊고 미친 듯이 날뛰었다.

위연호는 그 광경을 지켜보며 빙긋이 미소를 지었다.

'어디, 감히 내 앞에서.'

무공을 모르던 시절부터 발걸음 소리를 듣고 들어오는 사람이 누군지를 구분해 내던 위연호다. 청각에 관해서는 입신에 올랐다 해도 과언이 아니었다.

그 입신에 오른 청각이 백무한의 괴롭힘을 만나 만개해 버렸다.

백무한의 두 주먹에 어린 돌덩어리가 공기에 스치는, 결코 들을 수도 없고, 들어서도 안 되는 소리를 들으며 잠에서 깨어나 살기 위해 몸을 굴려야 했던 위연호다.

초반에는 그래도 '맞으면 죽을 만큼 아프다' 정도로 사람을 패던 백무한은 위연호의 무공이 높아질수록 '스쳐도 죽는다' 싶을 정도로 사람을 후려패기 시작했다.

뭐라더라?

처음에는 '맷집을 키워야 한다고 했다'가 나중에는 '칼 맞으면 어차피 죽으니 안 맞는 게 최선'이랍시고 '반 죽는 정도로 회피력을 키울 수 있으면 이득'이라는 미친 소리를 해 댔다.

더구나 강호의 칼은 밤낮을 가리지 않는다면서 잠이 든 위연호를 시도 때도 없이 그 '돌주먹'으로 후려치고, 패고, 내리까고, 후드려 팼다.

덕분에 위연호는 인간에게는 육감이 있다는 사실을 확신하게 되었고, 백무한의 말대로 사람이 공기가 움직이는 소리를 들을 수 있다는 것을 알게 되었다.

'알고 싶지 않았다고!'

그래도 배워놓으면 모든 것이 쓸모가 있다는 백무한의 지론은 틀리지 않았는지, 백무한이 위연호에게 정교한 검격을 익히고 회피력을 늘리라고 알려준 초감각은 지금 새로운 곳에서 아주 유용하게 쓰이는 중이었다.

남들에게는 결코 보이지 않는 용기 안이 위연호에게는

거의 생생하게 느껴지고 있었다.

쇠구슬이 홀수인지 짝수인지가 아니라 그 안에 몇 개가 들어 있는지를 알 수 있을 정도였다.

그러니 질 수가 있나.

'돈 버는 데는 최곤데?'

아무래도 도박에 재능이 있는 게 아닌가 하는 생각이 드는 위연호였다.

동굴을 나온 이후로 거의 모든 종류의 승부에서 구 할의 승률을 자랑하는 위연호였다.

물론 백무한이 들었다면 강호의 승부는 아흔아홉 번을 이기고 마지막 한 번을 지면 목이 날아가는 것이라는 뻔한 소리를 늘어놓았겠지만 말이다.

위연호는 의자에 기대서 눈을 감았다.

이 짓도 나름 심력의 소모가 있었는지 피곤함이 몰려오고 있었다.

그러고 보니 오늘은 평소와는 다르게 굉장히 고생을 많이 한 날이다. 눈을 뜨자마자 씻은 것도 무척이나 힘든 일이었는데, 심지어 돈을 써서 옷을 사 입지 않았는가!

게다가 이곳까지 걸어오기까지 했으니, 얼마나 고생을 많이 했는가.

'이제 슬슬 쉬어야 하는데……'

목표액의 반을 채웠으니 오늘은 이쯤해도 되지 않을 까?

'딱 한 판만 더.'

여기서 한 판만 더 이기면 목표액을 모두 채울 수 있다. 두 배로 늘어난다는 것은 이리 좋은 일이다. 거기에 위연호 역시 절대 질 수 없는 도박에서 판돈이 두 배로 불어난다는 재미에 흠뻑 빠지고 있는 중이었다.

게다가 손가락 하나 까딱하지 않고 앉아서 도박을 한다 는 이점까지 있지 않은가.

위연호가 한 판만 더 하고 일어나야겠다는 결심을 할 무 렵, 도박장의 분위기가 점점 변하기 시작했다.

"강천립이다!"

"금화장주야!"

"으응?"

위연호가 등 뒤에서 들려오는 웅성거림에 고민을 하기 시작했다.

'고개를 돌려볼까?'

등 뒤에서 소란이 났으니 고개를 돌려 확인하는 것이 옳 겠지만, 그러기가 귀찮았다.

이리 기다리고 있으면 용무가 있으면 앞으로 올 것이고, 용무가 없으면 그와 관계없는 일이니 그냥 넘겨도 될 것이 다.

위연호의 예상은 정확히 맞아떨어졌다.

그의 앞에 화려한 비단옷을 걸친 중년인이 나타나더니, 포권을 하며 고개를 숙였다.

"귀인께서 방문해 주셨군요. 제가 귀인을 몰라뵈었습니다."

"저는 그런 거 아닌데요."

"하하하, 도박장에서는 재미있는 승부로 볼거리를 주시는 분은 모두가 귀인이지요."

"그래요? 난 별로 재미가 없었는데."

꿈틀.

강천립의 안면 근육이 제멋대로 일그러지기 시작했다.

'앉은 자리에서 은자 천 냥을 따놓고 재미가 없다고?'

이것은 금화장에 대한 도발이었다.

이미 강천립의 머릿속에 호구를 벗겨 먹겠다는 생각은 사라진 뒤였다.

"귀인께는 귀인의 격이 있는 법이지요. 어떠십니까? 좀 더 큰 판에서 놀아보시지 않겠습니까?"

"큰판이요?"

위연호가 솔깃하여 묻자 강천립은 저도 모르게 환히 웃고 말았다.

"하하, 그렇습니다. 이런 작은 판이 아니라 제대로 된

판이죠! 몇 배나 더한 즐거움을 느끼실 수 있을 겁니
다."

위연호가 조금은 상기된 얼굴로 강천립의 얼굴을 바라보
다가 입을 열었다.

"싫은데요."

강천립의 다리에 힘이 풀렸다.

겨우 주저앉을 뻔한 하체에 힘을 실어낸 강천립이 힘겹
게 소리쳤다.

"왜! 왜 싫다는 겁니까!"

위연호는 왜 소리를 지르는지 영문을 모르겠다는 얼굴로
대답했다.

"……그냥 한 판만 더 이기면 되는데 뭐하러 판을 더 벌
려요, 귀찮게."

강천립의 얼굴이 순간 멍해졌다.

한 판을 더 이기다니, 그게 무슨 말인가.

"돈을 더 벌고 싶다는 것 아닙니까!"

"그렇죠."

"그럼 더 큰 판으로 가셔야죠."

"여기서도 잘 벌고 있는데 굳이……."

위연호는 늘어지게 하품을 하더니, 의자에 축 늘어졌
다.

"이젠 피곤하기도 하고."

피곤?

강천립이 이해할 수 없다는 듯 위연호를 바라보았다.

대체 이곳에 오고 나서 한 게 뭐 있다고 피곤하다는 말인가. 다른 사람이라면 심력이라도 소모했다고 생각할 텐데, 저리 귀찮은 얼굴로 축축 늘어져 있는 인간이 무슨 심력을 그리 소모했다고.

"공자님, 이것 좀 드시지요!"

위연호가 조금 지친 듯 보이자 진소아가 품 안에 넣고 있던 특제 활력단을 입에 고이 넣어주었다.

"물!"

"여기 있습니다!"

가문에 비방으로 내려오는 특제 활력단이다. 워낙에 귀한 재료가 많이 들어가는 것이라 마음대로 만들어낼 수 있는 것도 아니지만, 지금 이 상황에 뭘 아끼겠는가!

위연호는 단환을 거부하지 않았다.

오 년을 굶어보니 맛이고 뭐고 일단 영양이 가득해 보이는 것이면 입에 넣고 보는 위연호였다.

강천립은 위연호가 하는 꼴을 보며 몸을 부르르 떨었다.

음양은 속임수를 쓸 수 없는 도박이다.

하지만 열 번을 연속으로 이겼다는 것은 단순히 운이라 치부할 수 있는 일이 아니었다. 확률로만 따져도 천분의 일의 확률이 아닌가. 그 확률이 다음에도 일어나지 말라는 보장은 없었다.

"이, 이곳에서는 더는 도박을 하실 수 없습니다."

"왜요?"

"공자께서는 다음 판에서도 그 돈을 모두 거실 생각이시겠죠?"

"그럴 생각인데요."

"공개 판에서는 은자 천 냥을 거실 수 없습니다."

"왜요?"

위연호가 고개를 갸웃했다.

"일정 이상의 도박은 비공개로 진행한다는 것이 저희 금화장의 법칙입니다."

"에?"

위연호가 이해가 안 간다는 듯 어리둥절한 얼굴로 주위를 돌아보았다.

"그래요?"

주변의 꾼들도 다들 잘 모르겠다는 얼굴들이었다.

"……천 냥짜리 도박을 해봤어야 알지."

"천 냥짜리 판이 없던 것으로 봐서는 맞는 말인 것도 같고. 큰 도박이 났다는 이야기는 여러 번 들었는데, 그게 이런 데서 벌어진 적은 없었거든."

"그런가 본데?"

위연호는 주변의 반응을 보고는 납득했다.

"그럼 오백 냥씩 반반 걸면?"

"안 됩니다. 판돈 자체가 다르지 않습니까."

"이상한 규칙이네."

강천립은 속으로나마 한숨을 내쉴 수 있었다.

'그런 규칙이 있을 리가 있나.'

애초에 그런 규칙은 없다. 아니, 정확하게 말하자면, 그런 규칙을 만들 필요가 없었다.

적당히 꾼들 놀라고 만들어놓은 판에서 금자 열 냥이나 되는 돈을 걸 놈이 있을 거라고 누가 상상이나 했겠는가.

웬만큼 미치지 않고서야 있을 수 없는 일이었다.

"자, 어쩌시겠습니까? 더 큰 판에서 한 번 제대로 놀아 보시겠습니까, 아니면 이대로 아쉬움을 접고 돌아가시겠습니까?"

위연호는 반쯤 감긴 눈으로 고심하는 듯하다가 입을 열었다.

"결정했어요."

"오, 역시?"

"집에 갈래요."

위연호가 슬그머니 자리에서 일어났다.

강천립이 입을 쩌억 벌렸다.

집에 가다니!

방금 금자 열 냥을 딴 놈이 집에 가다니!

보통 그만한 돈을, 아니, 그 십분지 일만 되는 돈을 벌어도 도박의 열기에 취해 반쯤은 이성을 잃어 끝까지 가버리고 마는 게 인지상정 아닌가!

적당히 딸 만큼 따고 집에 갈 수 있는 게 도박이었으면 중원의 도박장은 다 망했겠지!

그런데 하필 그런 놈이 금자 열 냥을 따버렸다는 것이 강천립의 불행이었다.

"가신다구요?"

"네."

"어째서요?"

멍청한 질문이지만, 다른 이들 역시 똑같은 얼굴로 위연호를 바라보고 있었다. 도박에 몸을 담은 이들에게 위연호의 행동은 인간의 탈을 쓴 마구니의 행위나 다름없었다.

어떻게 금자 열 냥을 따고도 저리 태연하게 자리에서 일어날 수 있다는 말인가. 그 판돈이면 얼마나 돈을 더 불릴 수 있을지 모르는데.

"잠이 와서요."

"……."

"오늘은 피곤하니 이만 갈게요. 도박이야 뭐, 내일

계속해도 되고, 내일 다시 은자 한 냥 들고 오면 되니까."

강천립은 고개를 휘저었다.

위연호의 행위가 어이가 없어서가 아니라 머릿속에 가득한 충격을 떨어버리기 위해서였다.

'이대로 이놈이 가버리면 나는 망한다!'

"소협!"

강천립이 다급하게 위연호에게 달려들어 그의 팔을 잡았다.

"아이고, 소협! 이대로 가시면 어떻게 합니까?"

위연호는 뚱한 얼굴로 강천립을 바라보았다.

"그럼 이대로 가지, 뭘 어떻게 가요?"

"정말 큰돈을 벌 수 있습니다."

"뭐, 그렇게까진 필요 없는데. 제가 효율이 좋은 사람이라서요."

진소아는 자신도 모르게 고개를 끄덕였다.

방 한 칸과 먹을 밥만 있으면 아무런 문제가 없는 사람이다. 거지를 데려다 놔도 저 인간보다야 돈이 많이 들 것이다. 누님이 진수성찬을 차려 바치고 있기는 하지만, 그건 진예란의 문제지 위연호의 문제가 아니니까.

"그럼 도박장에는 왜 오셨습니까?"

"그냥 궁금하기도 하고, 재미있을까 싶어서 온 거죠. 근데 별 재미가 없는 것 같은데……."

강천립은 거품을 물고 싶은 심정이었다.

금자 열 냥! 은자로 천 냥을 벌어 가는 주제에 재미가 없다니!

성질 같아서는 당장 이 맹한 놈을 패대기쳐 버리고 싶었지만, 보는 눈이 워낙에 많았다.

"이, 이번에는 정말 재미가 있을 겁니다!"

"흐음, 믿어도 될라나?"

"정말입니다. 이 강천립을 믿어주십시오."

"언제 봤다고."

위연호가 조금씩 넘어오는 기색이자 강천립은 좀 더 기세를 올렸다.

"그, 금자 열 냥으로 무슨 재미를 보시겠습니까! 이왕 이리된 거, 저희가 스무 냥을 더 빌려드리겠습니다! 무이자로!"

"헐."

위연호가 뭔가 떠올려 말하려는 듯하자 강천립이 선수를 쳤다.

"물론 나갈 때는 갚고 가셔야 합니다. 가지고 가셔서 나중에 갚겠다 하는 건 안 되구요."

"에이, 좋다 말았네."

위연호가 뚱한 표정으로 강천립을 보며 말했다.

"그런데 들어보니 내 쪽에서 좋은 건 별로 없는 것 같은데요? 저는 판돈도 별로 필요 없고, 도박도 이제 질리고, 그냥 집에 가서 한숨 잤으면 좋겠는데……."

'이놈이 진짜!'

강천립은 위연호가 수작을 부리고 있다고 생각했다. 하지만 진실을 아는 진소아는 그저 강천립이 불쌍할 뿐이었다.

'저거, 진심인데…….'

그래도 며칠이나마 같이 살았다고 위연호의 얼굴에 귀찮음이 역력한 것이 느껴졌다.

한쪽은 진실을 말하는데 다른 쪽에서는 믿지 않으니, 대화가 이어질 리가 없었다.

"좋습니다!"

강천립의 눈에 불꽃이 튀었다.

"닷 냥!"

"에?"

"큰판에 끼겠다고 하시면 제가 닷 냥을 더 내드리죠."

"헐?"

위연호가 '당신 미치셨어요?'라는 눈으로 강천립을 바라보았다.

"닷 냥을 그냥 준다구요?"

"예!"

"열 냥도 되나요?"

"……."

뭐, 이런 미친놈이 다 있지?

보통은 왜 주는지를 먼저 물어봐야지, 거기서 일단 돈을 올릴 생각을 하나?

강천립은 부들부들 떨리는 얼굴로 힘겹게 고개를 끄덕였다.

"물론입니다. 드리죠! 열 냥 더 드리겠습니다! 대신!"

강천립이 씹어뱉듯 말을 토했다.

"어느 한쪽의 돈이 다 떨어지기 전까지 판은 끝나지 않습니다. 어떻습니까?"

"흐으응?"

위연호가 콧소리를 내며 고민에 빠졌다.

'내일 다시 오는 것도 귀찮기는 해.'

위연호는 스스로를 잘 알고 있었다. 내일 오겠다고 말은 했지만, 이대로 방에 돌아가 눕는다면 적어도 보름은 꼼짝도 하지 못하게 되어버릴 것이다.

아직 벌어야 할 돈은 금자 열 냥이나 남았는데, 이대로…….

"헐, 나 부자네?"

생각해 보니 지금 품 안에만 금자가 열 냥이나 있다. 이 정도면 평생 아무 일도 하지 않고 먹고살아도 될 만한 금액이다. 이제는 진예란이 없어도 하인을 부려가며 매끼 진수성찬을 먹을 수 있는 것이다.

꾸욱.

그 순간, 진소아가 위연호의 어깨를 꽉 움켜잡았다.

"제가 지금 하는 생각을 공자께서도 하고 계신 것은 아니시겠죠? 그렇죠?"

"……귀신이 따로 없네."

위연호는 뚱한 얼굴로 진소아를 바라보다가 고개를 돌려버렸다.

"에잉, 사람이 너무 착해도 안 되는데……."

아무리 그래도 그 선녀 같은 사람이 기루로 팔려가는 꼴을 보는 것은 정신 건강에 좋지 못했다. 사람이 켕기는 짓을 하면 밤잠이 편치 못한 법이다.

"유환이 아저씨 얼굴 봐서 딱 한 번만 도와주는 거야."

"여부가 있겠습니까!"

진소아가 손을 비비자 위연호가 씨익 웃었다.

"그리고 너는 개인적으로 내 부탁 하나 들어주는 걸로 하자."

"……예?"

"네가 할 수 있는 걸로만 시킬 거야. 할 거야, 말 거야?"

누님이 기루에 팔려갈 판인데 지금 부탁 따위가 문제인가.

"하겠습니다!"

그렇게 진소아는 아무 생각 없이 위연호가 던진 미끼를 물고 말았다.

"그럼 뭐……."

위연호는 강천립을 보며 고개를 끄덕였다.

"열 냥 주면 할게요."

"오!"

강천립의 얼굴이 화색이 돌았다.

'이 멍청한 놈.'

종자돈이 열 냥이든 스무 냥이든 상관없었다. 판만 벌어지면 다 따올 돈이건만, 그게 무슨 상관인가!

"이 안쪽으로 가시죠!"

"그냥 여기서 하죠?"

"예?"

"저 안에 갔다가 봉변이라도 당하면 어떻게 해요? 제가 이래 봬도 많이 연약한 사람이거든요?"

"……."

진소아는 위연호의 가증스러움에 치를 떨었다.

연약한 사람이 흑지주방의 좌절을 한 방에 하늘로 승천시켜 버린단 말인가.

"그러니까 보는 사람 많은 데서 하죠. 그럼 속임수도 못 쓸 거고, 서로 공평하지 않겠어요?"

"으으음……."

강천립이 고민하는 듯하다가 이내 고개를 끄덕였다.

"좋습니다!"

"화끈하시네."

위연호가 터덜터덜 걸어 원래의 의자에 가 앉았다.

"그래서…… 뭘 하면 되나요?"

"그게 아니죠."

"네?"

"뭘 하면 되는지 물을 게 아니라 누구를 상대하면 되는지가 중요한 겁니다."

"……그게 뭔 소리래?"

위연호가 고개를 갸웃거리자 강천립이 껄껄 웃고는 크게 외쳤다.

"나오너라!"

강천립의 말이 끝나기가 무섭게 뒷문이 열리더니, 검은 장포로 전신을 두른 한 사내가 천천히 걸어 나왔다.

사내를 알아본 이들이 다들 놀라 소리쳤다.

"도, 독비다!"

"독비가 나타났다!"

순간적으로 도박장 안이 열기로 가득 차올랐다.

그 기이한 분위기 속에서 위연호와 진소아만이 영문을 모르고 고개를 갸웃거렸다.

"이 양반들, 왜 이런데?"

"글쎄요?"

위연호는 자신을 향해 걸어오는 외팔의 사내를 보며 의자에 몸을 기댔다.

"한가락 하는 모양인가 보다. 어쩌지?"

"그걸 저한테 물으시면 안 되죠."

"……집에 가고 싶다."

진소아는 의욕이라고는 전혀 없는 위연호를 보며 깊은 한숨을 내쉬었다.

호북에 길이 전해져 내려올 금화장 난동 사건이 이리 시작되고 있었다.

*　　*　　*

"누구?"

사내의 목소리는 듣는 것만으로도 그 냉막함을 짐작하게 했다.

"아직 정확하게 정체를 밝혀내지는 못했습니다."

흑지주방주 곽도산은 더 이상 허리가 굽혀지지 않을 만큼 과격하게 허리를 굽혀 내렸다.

눈앞의 사내가 그만큼이나 두렵기도 하고, 이 사내와 눈을 마주치는 상황만은 절대 피하고 싶었기 때문이다.

"누군지 정체를 알 수 없는 소년 고수라……."

사내는 붉은 입술을 살짝 매만지더니 피가 뚝뚝 떨어질 것 같은 어조로 말했다.

"죽여."

"……예?"

"변수는 남겨둘 필요가 없다. 죽여."

"하, 하지만 그가 어느 정도의 고수인지가 전혀 파악되지 않았습니다."

"한심한."

사내는 곽도산의 변명을 기다리지 않고 바로 말을 이었다.

"쓸 만한 것들을 붙여주지. 시간 끌 것 없으니, 지금 당장 쳐들어가서 죽여 버려."

"알겠습니다."

곽도산이 깊게 읍을 하고 밖으로 나가자 사내는 눈살을 찌푸리며 천장을 바라보았다.

"저런 버러지들과 말을 섞어야 할 지경이라니."

그들의 원대한 계획을 생각한다면 감수해야 하는 일이

기는 하지만, 이 더러운 기분만큼은 떨쳐 낼 수가 없었다.

"지금의 나는 바닥을 기겠지만, 결국 내가 이 강호의 정상에 서게 될 것이다."

사내의 낮은 웃음소리가 대청에 울려 퍼졌다.

〈『태존비록』 제4권에서 계속〉

1판 1쇄 찍음 2016년 11월 1일
1판 1쇄 펴냄 2016년 11월 8일

지은이 | 비 가
펴낸이 | 정 필
펴낸곳 | 도서출판 **뿔미디어**

기획 · 편집 | 문정흠 · 배희선

출판등록 | 2002년 9월 11일 (제1081-1-132호)
주소 | 경기도 부천시 원미구 소향로 17번길(두성프라자) 303호 (우) 14544
전화 | 032)651-6513 / 팩스 032)651-6094
E-mail | bbulmedia@hanmail.net
비북스 | http://b-books.co.kr

값 8,000원

ISBN 979-11-315-7509-3 04810
ISBN 978-89-6775-394-8 04810 (세트)

www.bbulmedia.com

www.bbulmedia.com